VERLAG ANTJE
KUNSTMANN

Joachim Schnerf

DAS CABARET DER ERINNERUNGEN

Roman

Aus dem Französischen
von Nicola Denis

Verlag Antje Kunstmann

Für Léon und Noé

»Wo beginnt das Leben und wo wird dem Tod
Einhalt geboten, wenn nicht in einem Kuss?«

Jón Kalman Stefánsson, *Das Herz des Menschen*

Den ganzen Gang entlang bis zur Loge reihen sich Zeitungsausschnitte und vergilbte Fotos aneinander. Porträts von Berühmtheiten, die im Cabaret aufgetreten sind, polnische Landschaften, die verschneite Klagemauer, alte Frauen in Haifa, die sich an der Wahl zur *Miss Überlebende der Shoah* beteiligen. Diese Bilder, manche gerahmt, verweisen auf das Kuriositätenkabinett, das sich hinten in Rosas Loge verbirgt und das sie im Spiegel ihres Frisiertisches vor und nach jeder Vorstellung eingehend mustert – nur selten schaut sie diesen schmerzlichen Erinnerungen direkt ins Auge.

Hinter der roten Tür, die sich zu ihrem Heiligtum öffnet, zwischen den kleinen Figuren, den zerlumpten Kleidern und den ziegelroten Steinen befinden sich zwei Metallnäpfe. Ihr eigener, mit dem sie sich an das Licht klammern kann und dem eine unsägliche

Schuld eingeschrieben ist: gestohlen, nicht geteilt zu haben, über andere Körper getrampelt zu sein, um selbst zu überleben. Rosa erinnert sich an den Namen jeder einzelnen Frau, die an der Schwelle zur Dunkelheit gefallen ist, an ihr ausgehöhltes Gesicht, sie erinnert sich, von den eigenen Instinkten gedemütigt, zulasten so vieler anderer gegessen zu haben. Und dann der Napf von Jania.

Morgen wird Rosa von der Bühne abtreten, sie spürt das Ende nahen. Die alte Frau hat lange überlegt, was sie mit ihrem Besitz machen würde, sich gefragt, ob sie diese Erinnerungen ihrer französischen Familie vererben sollte, einem Museum oder einer Gedenkstätte, die bereits überquillt vor gestreiften Schlafanzügen und abgewetzten gelben Sternen. Nein, sie würde ihrem Cabaret und ihren Vorführungen treu bleiben, nach dieser Nacht würde nichts mehr aus Shtetl City dringen. Sie hat ein Inventar der Gegenstände erstellt, die sie der Ewigkeit vermachen wird, der Rest soll verbrennen. Rosa hat ihre Entscheidung getroffen, nichts wird sie daran hindern, die Überreste, die sie an ihre Dämonen ketten, in Brand zu stecken, sie will sie loswerden, bevor sie geht.

Rosa, die ihre Menschlichkeit verloren hat, um von den Toten zu erstehen. Rosa, die letzte Überlebende von Auschwitz.

WENN ES MORGEN WIEDER hell wird, ist unser Baby da. In diesem Gitterbett, das ich anstarre, während ich an meine eigene Kindheit denke, als mir Rosas Name schon früh keine Ruhe ließ. Am Tisch kamen wir bei den Familiengeschichten unweigerlich auf sie. Mein Großvater erzählte von jener geheimnisvollen Gestalt, von dieser Schwester, die ihn auf den unscharfen Bildern seiner Jugend verfolgte und die nach dem Krieg verschwunden war, Richtung Amerika. Man sprach nie über Auschwitz, aber Rosas Name ließ beim Nachtisch die Krematoriumsöfen lodern.

Wenn sich an jenen Augustnachmittagen in unserem Landhaus in den Vogesen das Mittagessen in die Länge zog, nahmen meine große Schwester, mein Cousin und ich Reißaus. Der Aufsicht unserer Großeltern entwischt, spielten wir die Familiengeschichte im Garten, oben auf den grauen, unbehauenen Felsstufen nach. In milden Nächten schliefen wir sogar unter freiem Himmel im dunklen Gras. Das Haus war nur ein paar Schritte entfernt, aber wir ahnten bereits, dass uns diese neue Freiheit, diese trügerische Selbstständigkeit bis ins Erwachsenenalter prägen sollte.

Ich kann den Wind spüren, der uns an jenem Tag in der Morgenfrühe streifte; ich erinnere mich an die schläfrigen Blicke, die angesichts der bevorstehenden Abenteuer im Handumdrehen zu funkeln begannen. Wir hatten Rosa nie gesehen, doch sie faszinierte uns. Unsere Amerikanerin, die mitten in der Wüste lebte, die den weiten Westen erobert hatte, um dort ihr Cabaret aufzubauen. Wir wussten nicht genau, was wir uns unter einem Cabaret vorstellen sollten, waren uns aber sicher, sie mitten im texanischen Sand zu finden, alle drei ausstaffiert mit unseren Cowboykostümen, von denen ich noch jede einzelne Franse in Erinnerung habe. Die Bilder und Empfindungen kommen wieder hoch, wenn ich am wenigsten damit rechne, ich flüchte mich in sie, so wie man Geborgenheit in der Nostalgie sucht, und lasse mich in eine Traumwelt gleiten.

In jenem Sommer war ich neun Jahre alt.

DIE AUGEN OFFEN, den restlichen Körper noch träge, hielt ich den Atem an und konzentrierte meine Aufmerksamkeit auf die Geräusche des um diese Zeit noch ruhigen Gartens. In meinem Schlafsack genoss ich die in den Daunen gespeicherte Wärme, der Tau hatte meine Lippen gekühlt, und meine Zunge begann automatisch, durstig nach den Wasserperlen zu tasten. Wie lange mochten wir geschlafen haben? Tania und Michaël lagen in meiner Nähe, das feuchte Gras hatte Spuren auf ihren Kostümen hinterlassen. Neben ihnen ihre Hüte, ihre Taschenlampen und der Steinkreis, der ein imaginäres Lagerfeuer umgab. Zwei Monate zuvor hatte meine große Schwester ihren elften Geburtstag gefeiert, mein Cousin war zehn Monate älter als sie – zwölf, genauso alt wie Rosa, als sie damals verhaftet worden war. Ich bewunderte die beiden für ihre Selbstsicherheit und ihren Mut, sie, die immer als Erste einschliefen, denn damals hatte ich Angst vor den Sternen. Sie ließen mir keine Ruhe, zwangen mich, sie zu beobachten, ohne den Blick abzuwenden, eine Stunde lang, manchmal zwei, bis mein Körper sich endlich entspannte und dem Schlaf nachgab. Eine Angst, die sich wohl aus den Geschichten speiste, die man sich über die in den Himmel aufgefahrenen Toten erzählte. Vielleicht aber auch die Vorstellung, dass sie genauso über Auschwitz funkelten.

Am Vorabend hatten wir rings um die Reisigstöckchen im Schein der Taschenlampe gesungen, bis es Nacht wurde. Wir waren schon in weiter Ferne, hatten uns in die amerikanische Wüste mit ihren kühlen, unbehaglichen Abenden versetzt, eine für durchreisende Fremde erbarmungslose Wüste, wenn die Dämmerung schließlich den Horizont erreicht. Jeder kannte seine Rolle, das Spiel hatte bereits begonnen. »Die Wasserreserven haben eine kritische Schwelle unterschritten«, hatte Tania feierlich erklärt, während sie sich auf dem Boden ausstreckte, »das nächste Dorf ist zu Fuß ungefähr zehn Stunden entfernt.« Am kommenden Tag wollten wir zur Suche nach einer mitleidigen Seele aufbrechen, und trotz unserer leisen Befürchtung, dass sich unser Abenteuer immer schwieriger gestalten würde, übermannte uns schließlich der Schlaf.

Etwas weiter weg blinzelten noch andere Augen. Auch meine Schwester, die Hartgesottenste von uns allen, erwachte. Tania kannte sich angeblich mit Kampfsport aus, sie behauptete, uns im Falle eines Angriffs beschützen zu können, und mich beruhigte es, eine Brutalinska an unserer Seite zu haben. Wir waren vor zwei Tagen aufgebrochen, um Rosas Cabaret zu finden, doch ohne den geringsten Hinweis begann unsere Zuversicht zu bröckeln. Nachts gefror uns das Blut in den Adern, wenn ein sonderbares Geheul die Stille zerriss – das Gejaule von Kojoten. Tania rekelte sich langsam und sah sich nach mir um. Michaël schlief noch, wir trauten uns nicht zu sprechen, in der Sorge, ihn sonst zu wecken. Sie lächelte mich an, als wollte sie sagen, dass uns ein schöner Tag bevorstünde und wir uns noch als Erwachsene an die kommenden Stunden erinnern würden. Vielleicht sagte sie mir aber auch, dass sie immer da sein würde, dass sie mich liebte, dass mir in ihrer Nähe nichts zustoßen könnte. Wir waren schamhaft und wechselten keine zärtlichen Worte miteinander, doch ich erinnere jenes Aufwachen als eine ihrer schönsten Liebeserklärungen.

WENN ES MORGEN WIEDER hell wird, sind die Erinnerungen da; in der Schublade, die ich schweigend zurückschiebe, die Fingerspitzen wie gelähmt auf dem Holz – einen Augenblick noch. Wir sind Tausende, Hunderttausende, die diese Seiten der Hölle aufbewahren, die mit schmerzlicher Tinte verfasste Geschichte unserer Familienmitglieder. Unterdessen entschlafen unsere Vorfahren. Meine Großeltern hatten nichts aufschreiben wollen, also bin ich derjenige, der hartnäckig über ihr Versteck in der sogenannten freien Zone geschrieben hat, über die Angst vor Denunzianten, vor den Blicken auf ihre Nase, von der sie sich verraten glaubten. Die Geschichte verschlang ihre Geschwister im Osten, während sie bis zum Überdruss die Einzelheiten ihrer neuen Identität verinnerlichten. Dann war der Krieg am Ende, die Menschheit auch, und die *Erinnerungsarbeit* begann.

Meine Großeltern väterlicherseits waren bis zu ihrer Begegnung Waisen gewesen, sagten sie. Ihre Eltern hatten nicht überlebt, waren nicht mehr da, um sie bei der Hochzeit, die in der Großen Shoule in Straßburg zelebriert wurde, an den Altar zu führen. Die Reihen in der Synagoge waren licht geworden, es gab natürlich ein paar Freunde, doch die Shoah hatte die Zahl der nach der Zeremonie zu beköstigenden Gäste beträchtlich reduziert, so die Worte meines Großvaters. Unter der Chuppa, dem hinten in der Synagoge thronenden Hochzeitsbaldachin, befand sich nur eine Person aus der Familie, eine Unbekannte, die eigens zu diesem Anlass aus den Vereinigten Staaten angereist war. Mein Großvater hatte kein enges Verhältnis zu seiner älteren Schwester, die vor der Verhaftung nicht mehr rechtzeitig hatte versteckt werden können. Ein paar Briefe aus der unmittelbaren Nachkriegszeit, in denen sie die Gründe für ihren Weggang nach Amerika darlegte, dann wurde es still. Sie meldete sich nicht mehr bei dem einzigen Angehörigen, der ihr verblieben war und den sie kaum noch kannte, bei diesem Bruder, der jenes Europa verkörperte, von dem sie, wie sie schrieb, nichts mehr wissen wollte. Der Kontinent stand für den Lärm der Stiefel, das Bellen deutscher Schäferhunde und das Geschrei der Lageraufseher, die ihre Madeleines zerkrümelt hatten. Für Rosa war die Gegenwart der einzig beruhigende Geschmack, alles Übrige schmeckte nach Tod.

Ich traf sie bei der Beerdigung meines Großvaters. Ein letztes Mal hatte sie den Atlantik überquert, wahrscheinlich aus einem familiären Pflichtgefühl heraus, nachdem mein Vater ihr die Nachricht am Telefon überbracht hatte. Nie wäre mein Großvater auf den Gedanken verfallen, dass diese alte, in Texas lebende Dame noch nicht einmal vierundzwanzig Stunden nach seinem Tod in Straßburg eintreffen würde. Ich wusch mir vor dem Verlassen des Friedhofs gerade die Hände, wie es das jüdische Gesetz vorschreibt, als sie sich plötzlich neben mich an den rostigen Wasserhahn stellte. In einiger Entfernung stützte Michaël meine Schwester, Tania hatte für die Beerdigung ihre Londoner Wohngemeinschaft verlassen und wäre beim Klang der auf den hölzernen Sarg fallenden Erde beinahe in Ohnmacht gefallen. Niemand von ihnen wusste, neben wem ich gerade stand, diese ausweichende, fliehende Silhouette, die wir unsere ganze Kindheit lang verfolgt hatten, ein Schatten, dessen Gesichtszüge ich wiedererkannte, obwohl ich Rosa zum ersten Mal sah. Sie war stark geschminkt, ihre haselnussbraunen Augen erinnerten mich an die meines Großvaters. Sie schob ihre Ärmel hoch und spülte sorgfältig alle Fingerglieder ab, bevor sie das Wasser abstellte und mir eine noch feuchte Hand reichte. Ich drückte die kalten Finger und sah ihre Tätowierung. Beschämt hob ich das Gesicht, wie ein Kind, das sehnsüchtig auf die Formen eines Erwachsenenkörpers starrt, und sie sagte mit rauer Stimme: »Ich bin Rosa.« Sie war groß und schlank, mit ausgesprochen breiten Schultern. Die horizontale Linie, die von der einen Seite ihres Körpers zur anderen reichte, überraschte mich, eine Linie, die bereit war, die Menschheit zu stützen, dabei aber selbst einzubrechen drohte. Noch bevor ich ihr antworten konnte, war sie durch das Friedhofstor zu dem wartenden Taxi gegangen.

Ich werde sie nie mehr wiedersehen, aber ihre vertrauten Augen und ihre Tätowierung lassen mich nicht los. Eine mit dem Tod meines Großvaters verknüpfte Erinnerung, auf dieser Seite der Familie das einzige Bindeglied zwischen mir und dem Völkermord an den Juden. Ich hätte früher versuchen können, Kontakt zu ihr aufzunehmen, ja, vielleicht hätte ich es tun sollen, aber die Jahre verstrichen. Bis zu jenem Tag, als ich ihren Namen im Radio hörte, in einer Sendung anlässlich des Jahrestages der Befreiung von Auschwitz. Rosa, die letzte Überlebende des Lagers, erwähnte weder meinen Großvater noch ihren Neffen noch ihren französischen Großneffen – mich, Samuel. Sie sagte fast gar nichts, erklärte, wer sie war, und fasste in weniger als zwei Minuten ihre Geschichte zusammen, die Deportation und das Leben im Lager. Dann sprach sie von ihrem Aufbruch in die Vereinigten Staaten und vom Cabaret »Camp Camp«, das sie irgendwo in Texas gegründet hatte. Ihre Stimme war genauso wie in meiner Erinnerung, ich hatte den Eindruck, immer noch ihre feuchte Hand auf meiner zu spüren. Ich beschloss, ihr einen Brief zu schreiben.

Seit ein paar Monaten waren Gerüchte über die Identität einer letzten Auschwitz-Überlebenden in Umlauf, nachdem man alle Augenzeugen des Lagers bereits für verstorben gehalten hatte. Den Historikern zufolge handelte es sich um eine Überlebende, deren Spur man kurz nach dem Eintreffen der Sowjets verloren hatte, als sie sich auf dem Seeweg in die Vereinigten Staaten aufgemacht hatte, fern vom Alten Kontinent, wo zwischen den Widerstandskämpfern der letzten und den Kollaborateuren der ersten

Stunde alle ihren Platz suchten. Rosa, meine Großtante. Angeblich hatte sie bei ihrer Ankunft an der amerikanischen Küste ihren Nachnamen geändert, hatte sich eine neue Vergangenheit zugelegt, um mitfühlende Blicke und hilfsbereite Gesten zu vermeiden, doch in meiner Familie hatte niemand sie vergessen. Manche erzählten, sie habe sich in der texanischen Wüste niedergelassen, nachdem sie in Brooklyn mit Strickwaren zu Reichtum gekommen sei. Andere glaubten, sie habe sich, restlos ruiniert, in den Kopf gesetzt, nach Mexiko zu ziehen, und ihr Vorhaben unterwegs abbrechen müssen. Nun eroberte der Mythos über den Familienkreis und unsere Kinderspiele hinaus ganz Europa.

Als ich Rosas Namen im Radio hörte, wurde meine Jugend in unserem Haus in den Vogesen plötzlich wieder lebendig; und mit ihr meine Ängste. Ich schließe die Augen und sehe den vertrauten rosafarbenen Kalkstein der Berge vor mir. Ich versinke in meinem Kopfkissen, mir wird übel, als zerrissen mir die verzweifelten Versuche, in den Schlaf zu finden, den Magen. Ich erinnere mich an den Sommer mit Tania und Michaël, an die Ferien mit unseren Großeltern. Ich erinnere mich an unsere imaginäre Suche nach unserer

Großtante. Plötzlich will ich an meine Frau denken, sie ist diejenige, die ich anrufen will, auch wenn ich weiß, dass sie nicht antworten wird. Die Gesichter tanzen, mein Körper rebelliert. Morgen wird Lena mit unserem Baby aus der Klinik kommen, dieses Bild versuche ich nun zu beschützen.

Als Kind träumte ich davon, Rosas Cabaret zu besuchen. Heute lässt es mir keine Ruhe.

JETZT WURDE AUCH mein Cousin wach. Seine ersten Worte galten der Stofftasche, auf der er eingeschlafen war. Naiverweise hatte er sich vorgestellt, dass er nur seinen Kopf auf die Vorräte zu betten bräuchte, damit nichts geklaut würde, begriff aber gleich nach dem Aufwachen, dass sich sein abgrundtiefer Schlaf für unsere letzte Ration – drei Äpfel und eine Tüte Bonbons – als fatal erwiesen hatte. Wer hatte es geschafft, die Beute an sich zu nehmen, ohne uns aufzuschrecken? Michaël fühlte sich schuldig, dass er die Hand, die seinen Kopf angehoben und behutsam wieder auf den schlummernden Sand zurückgelegt haben musste, gar nicht bemerkt hatte. »Man hat uns alles geklaut.« Mit einer Bestimmtheit, wie ich sie nicht von mir kannte, zurrte ich meinen Gürtel fest, aber Michaël war weiterhin in heller Panik. »Alles. Es tut mir so leid, ich versteh das nicht. Als ich die Augen zugemacht habe, konnte ich die Äpfel noch in meinem Nacken spüren. Ich versteh das nicht ... Woher wussten sie davon? Unsere anderen Sachen lagen am Feuer, aber sie haben sich ausgerechnet die Tasche ausgesucht, die am schwersten zu ... was bin ich für ein Idiot ... nur weil ich unseren Proviant beschützen wollte ... echt, so ein Idiot, ich hab sie selbst mit der Nase drauf ...«

Ich legte ihm eine Hand auf die Schulter, um ihm zu signalisieren, dass es nichts brachte, die Nerven zu verlieren, und dass der Tag lang zu werden versprach. Entschlossen rollte meine Schwester ihren Schlafsack zusammen. Wir mussten etwas zu essen und vor allem zu trinken finden, sonst würde diese Suche uns das Leben kosten. Der Diebstahl schien Michaël weiterhin zu beschäftigen, und während wir die Spuren unseres provisorischen Lagers beseitigten, flüchtete er sich immer mehr ins Schweigen. Die Wirklichkeit versuchte, in unsere Fantasiewelt einzudringen, aber wir wollten sie um jeden Preis auf Distanz halten und verhindern, dass sie alles kaputt machte. Fürs Erste mussten wir eine Entscheidung treffen – uns beeilen, um noch vor Ende des Wochenendes in Shtetl City einzutreffen, oder kehrtmachen, um im zuletzt durchquerten Dorf Lebensmittel zu besorgen. Dabei mussten wir in dieser Wüste erst einmal herausfinden, woher wir kamen und wohin wir wollten. Beim Sprechen streute ich mechanisch Erde über unseren Gluthaufen. Wir waren Cowboys, und unsere Mission duldete keinen Aufschub.

Jahre später, ich war damals siebzehn, löschte ich frühmorgens eine andere Glut. Ein Sommerlager mit der Wehmut des letzten Lagerfeuers. In jenem Jahr, als ich Lena kennenlernte, war ich weit von der Wüste und von Texas entfernt. Doch als ich beim Aufwachen den Schlafsack an meiner Haut spürte, verschmolzen die Erinnerungen und Epochen: Da ist der Reißverschluss, der nach ein paar Zentimetern stecken bleibt und für den man geduldig den Stoff glätten muss, an dem er sich festkrallen will. Und wenn er endlich auf Hüfthöhe angekommen ist, muss man sich der Unterhose widmen und sie zappelnd bis zu den Knöcheln runterziehen. Den Hintern an die Innenseite des Schlafsacks gepresst, in der Angst, das Geschlecht könnte sich im Reißverschluss verfangen. Dann eine frische Unterhose, und wieder geht das Gestrampel los, von den Zehen bis zu den Hoden, ein neurotisch schamhafter Regenwurm. Jetzt schnell eine Jeans geschnappt, ein Polohemd und Turnschuhe, in denen noch die feuchten Socken stecken, und raus aus dem Zelt zum Anziehen.

Als meine Füße am zweiten Tag dieses Sommerlagers das Gras berührten, fühlte ich den frischen Tau überall eindringen, eine Feuchtigkeit, mit der man sich irgendwie arrangieren musste und die man schließlich sogar mochte. Dann stieg der Nebel über dem Lager auf, die Sonne brach mühelos durch die Wolken und die Dunkelheit wich, um dem Feld eine strahlende Färbung zu verleihen. Dieser Sommer würde der Sommer der Liebe sein.

GLEICH ZU BEGINN der Sendung hatte Rosa erklärt, normalerweise erzähle sie nicht von sich. Sie sei nur bereit gewesen, sich zu äußern, um die Stimmen, die sie schon für tot erklärten, zum Schweigen zu bringen. Das Gespräch hatte am Telefon stattgefunden, bevor es an einem Dienstagabend ausgestrahlt und so gut wie gar nicht beachtet wurde. Anschließend war das Interview von ein paar gut vernetzten, einflussreichen Personen geteilt und hunderttausendfach im Internet gehört worden, in Frankreich und überall auf der Welt. Binnen weniger Tage war Rosas Geschichte zum Hauptgesprächsthema jüdischer – und antisemitischer – Familien sämtlicher Kontinente geworden.

1953 hatte sie die ersten Bretter des Hauses zusammengenagelt, das zwei Jahre später ihr Cabaret werden sollte und das erste Gebäude des zukünftigen

Shtetl City. Rosa wollte nicht schreiben, sie wollte nicht filmen, Rosa wollte eine Frau der Bühne sein, die Bretter sollten ihr Denkmal werden. Seitdem berichtet sie Abend für Abend nach dem Auftritt eines im ersten Teil eingeladenen Künstlers dem Publikum ihre Geschichte. Abend für Abend gibt sie vergnügt eine Anekdote nach der anderen zum Besten, wie Linien, auf denen die Tragödie ihre Noten platziert. Sie erzählt von ihrer Kindheit, von ihren Eltern, die eine Bäckerei betrieben und mit ihr und ihrem kleinen Bruder vor den Pogromen in Polen flohen und in den nördlichen Stadtvierteln von Paris Unterschlupf fanden. Von dem bunten Haus, in dem sie wohnten. Von dem Grundschullehrer, der ihren slawischen Akzent und ihr starkes Zungen-R rügte, wenn sie vor der schwarzen Tafel La Fontaine rezitierte. Von den Familienfesten, bei denen ebenso viel gelacht wie gestritten wurde. Sie schildert die Geziertheit der Hauptstadt, die Rohheit der Kellner, setzt Ironie und Zynismus ein und entlockt den Zuschauern genauso geschickt Tränen, wenn sie vor dem Schlussvorhang aufzählt, wovon sie nicht die Kraft habe zu sprechen, was aber dennoch nicht in Vergessenheit geraten dürfe: die Verhaftung, die Viehwaggons, die Selektion, ihre Mutter am Eingang zu den Duschen. Und der Geruch. Außerstande zu einer ausführlichen Beschreibung, verzichtet sie auf ihre legendäre Spottlust und begnügt sich mit einer langen, morbiden Aufzählung. Abend für Abend zählt Rosa mit unendlichen Identitäten, immer anders gekleidet, auf, ohne zu erzählen, sie benennt und wiederholt, auf dass wir niemals leugnen.

Wenn es morgen wieder hell wird, wenn wir zum ersten Mal alle drei die Wohnung betreten, werde ich ihm davon erzählen. Nach den Wiegenliedern, den mit ernster Stimme vorgetragenen Geschichten kommt die Shoah. Ich werde die Wörter finden müssen, die man mir vorenthalten hat, denn es ist das Schweigen, das in mir diese Neurosen gesät hat, nicht das Grauen der Geschichte. Ich möchte meinem Kind von allem berichten, von seinem Urgroßvater und seiner Urgroßtante, von den sechs Millionen Seelen, die jede Nacht beteten, dass es am nächsten Tag wieder hell werden und der Albtraum verfliegen möge. Seit unser Baby vor nicht einmal zwei Tagen auf die Welt gekommen ist, habe ich nur diese Bilder im Kopf. Vielleicht bin ich nicht bereit, Vater zu sein und dieses Gespenst, das mich von jeher verfolgt, zu verscheuchen. Seit der Beerdigung meines Großvaters schien es zu schlafen, doch als ich vor einem halben Jahr beschlossen hatte, Rosa zu schreiben, regte es sich auf einmal wieder. Sie hatte meinen Brief beantwortet, aber hinzugesetzt, dass sie auf weitere Post nicht mehr eingehen werde. Im Umschlag lag ein zerrissenes Blatt – voller Rechtschreibfehler, knapp, höflich und bestimmt – neben einem knappen Dutzend weiterer fotokopierter Blätter, auf denen man so etwas wie ein Tagebuch entziffern konnte, oder doch wenigstens eine Aneinanderreihung handschriftlicher, auf Englisch verfasster Erinnerungen. Ich las sie und versteckte den Umschlag danach sofort. Ihr Bericht war entsetzlich, dort stand alles, was sie in der Sendung verschwiegen hatte, und es zerriss mir das Herz. Die Düsternis jener Monate in der Hölle, das Leid einer Frau, die nur durch den Verlust ihrer moralischen, menschlichen und lebenswichtigen Grundsätze am Leben gehalten wurde. Nie zuvor hatte meine Großtante diese Geschichte im Einzelnen wiedergegeben, aber sie wusste vermutlich, dass ihre Tage gezählt waren, ihre eigenen und die der wenigen Überlebenden aus anderen Lagern. Ein Gedanke will mir nicht aus dem Kopf: Und wenn sie die Allerletzte wäre? Um jeden Preis muss ich meinem Sohn davon erzählen, ich muss ihm von Auschwitz und von Rosa berichten, bevor sie ihre Seele aushaucht. Damit er ihren Namen hört, solange sie noch am Leben ist. Wie sollen sie uns sonst glauben?

»HÖRST DU? Du musst entscheiden.« Ohne weiter zu überlegen, trieb ich meine Schwester an. Koste es, was es wolle. »Auf nach Shtetl City!« Wir schauten kurz zu Hause vorbei, um die Großeltern zu beruhigen, auf die Toilette zu gehen, ein Marmeladenbrot zu essen und uns ein paar Vorräte zu sichern, bevor wir uns auf den Weg machten. Meine Schwester trödelte noch in der Küche herum, also gingen Michaël und ich vor und warteten draußen auf sie. Seit unser Abenteuer begonnen hatte, waren wir beide kein einziges Mal allein gewesen. Wenn man zu dritt reist, leidet die Vertrautheit, und es war nicht einfach, im Beisein von Tania, die, sobald wir eine Schwäche zeigten, gern schroff und ironisch reagierte, bestimmte Dinge anzusprechen. So nutzten wir diesen Moment und setzten uns nebeneinander, während die Sonne auf das Rasenstück vor der Haustür schien. Wir redeten über nichts Besonderes, genossen die zunehmende Wärme und die langen Pausen, mit denen wir die unmöglich auszudrückenden Gefühle füllten. Wir waren zu jung und zu schüchtern, um von unseren Eltern zu reden, von unseren Liebesgeschichten und Ängsten. Außerdem hatten wir nicht das gleiche Alter. Dieser Teenager, mein Cousin, faszinierte mich. Er war stark, seine Haut war bräunlich, sein Kinn voller Pickel, seine Arme hatten den Durchmesser meiner Oberschenkel, und trotzdem spürte ich bei ihm eine kindliche Verletzlichkeit – er war eigentlich zu alt für solche Spiele, aber mit uns fühlte er sich frei. An die Fassade gelehnt, warteten wir auf meine Schwester, er hatte die Augen geschlossen und atmete hörbar. Er war eingenickt.

In diesem Moment schlich Tania heran. Sie bedeutete mir, den Mund zu halten, und spuckte auf Daumen und Zeigefinger, erst der rechten, dann der linken Hand. Ich warf ihr einen missbilligenden Blick zu, wusste aber, dass ich sie nicht unstimmen konnte.

»Pssst ...«

Sie näherte sich ihrem Opfer, legte ihre Hände langsam an beide Seiten von Michaëls Gesicht und zwickte ihn in die Ohrläppchen. »Fass mich nicht an,

Mengele! Fass mich nicht an!« Er fuhr zusammen und starrte uns an, wütend, dass wir ihn aus seinen Konzentrationslagergedanken gerissen hatten, mit spuckefeuchten Ohren und schamroten Wangen. »Du bist so was von blöd. Und du, Samuel, du findest das offenbar auch noch lustig?«

Wir setzten, alle drei verlegen und schweigsam, unsere Cowboyhüte wieder auf und machten uns erneut auf den Weg, wohl wissend, dass die Stimmung sich von selbst wieder entspannen würde. Ein paar verschmitzte Blicke, eine Kopfbewegung, und schon war alles vergessen. Wir mussten Rosas Cabaret vor Tagesende finden, denn am folgenden Morgen würden wir diese vogesische Wüste weit hinter uns lassen, und nichts sollte uns daran hindern, unser Ziel zu erreichen. Doch je weiter wir gingen, desto mehr hatten wir das Gefühl, uns von Shtetl City zu entfernen, als würde die Zeit uns zum Besten halten und die ersten Stunden des Tages im Takt der letzten Jahre unserer Großtante beschleunigen.

Damals stand Rosa kurz vor ihrem achtundsechzigsten Geburtstag. Dieses Jahr würde sie die dreiundneunzig überschreiten. Wie würde sich unsere kindliche Suche gestalten, wenn sie heute stattfände? Die

Aufgabe wäre beschwerlicher: Auf unserem Weg wären wir stets in der Angst, dass sie, dass die letzte Auschwitz-Überlebende vor unserem Eintreffen sterben könnte. Wir müssten sie finden, nicht, um ihre Schilderungen zu hören – es gibt zahlreiche, schmerzliche, für manche mythische Berichte von Überlebenden –, auch nicht, um die letzte Stimme aufzuzeichnen, die dieses in Reih und Glied stehende, seinem abgekarteten Tod entgegengeführte Volk zu beschreiben vermochte. Nein, wir müssten sie finden, um sie mit eigenen Augen zu sehen und so Zeugnis von der Zeugin ablegen zu können. Wahrscheinlich spürten wir genau das schon damals in der Dringlichkeit unserer Kinderspiele. Wir mussten Mittel finden, anders zu erzählen, die dritte Generation sollte in der Lage sein, sich über das von den Eltern auferlegte Schweigen hinwegzusetzen, und nach der angemessensten Form suchen, um das Unaussprechliche auszusprechen. Die Shoah zu singen, zu tanzen, zu mimen, sie fiktiv zu verarbeiten, über sie zu lachen. So wie Rosa damit angefangen hatte, sie, das gemarterte Mädchen, die das Exil und später das Theater gewählt hatte, um mit ihrer monströsen Geschichte existieren zu können, sie, die mich heute Nacht nicht loslässt, während ich aufgeregt das Tageslicht erwarte, um mein Kind zu Hause willkommen zu heißen.

Doch erst einmal mussten wir etwas Schatten für unsere mittägliche Rast finden, denn der Weg nach Shtetl City und Rosas Cabaret war möglicherweise noch weit. Wir fühlten uns allein in dieser vogesischen, für uns texanischen Wüste, wo jedes Geräusch wie der Schrei eines Kojoten klang, wo die gespenstischen Räuber herumstreunten, die uns ausgeplündert hatten. Doch wenn man daran gewöhnt ist, nur seinem eigenen Schatten und dem seiner Gefährten zu begegnen, ist man nicht darauf gefasst, plötzlich einem Menschenkörper gegenüberzustehen. »Tania! Samuel! Guckt mal, da drüben. Ein Indianer auf der Flucht!« Wir machten uns an die Verfolgung eines Joggers in kurzen Hosen, um ihn nach dem Weg zu fragen. Von unserem Geschrei erschreckt, schlängelte sich der Mann zwischen den Kakteen hindurch und verschwand hinter einer Düne. »Guckt mal, ihm ist eine Karte heruntergefallen!«

»Bestimmt will er uns auf einen Schatz hinweisen.«

»Quatsch, wir sind hier doch nicht bei den Seeräubern. Wir sollen Rosa und ihr Cabaret aufspüren. Ich bin mir sicher, dass er versucht hat, uns zu helfen, bevor er geflohen ist.«

Plötzlich tauchte der Indianer mit der kurzen Hose wieder auf und beobachtete uns von der nächsten Düne aus mit einem Lächeln auf den Lippen. Wir schossen zum Dank mit unseren Pistolen in die Luft, und er wies mit einer ausladenden Geste auf einen Baum, unter dem wir uns vor der Mittagssonne schützen konnten. Eine Platane und ein Bach mitten in der Wüste – an diesem heißen Sommertag wunderte uns gar nichts mehr. Dann brach er wieder auf und stürzte sich in jene imaginäre Wüste, die er wie seine Westentasche zu kennen schien.

WENN ES MORGEN WIEDER hell wird, wache ich zum allerletzten Mal alleine auf. Ich erinnere mich nur selten an meine Träume, außer an die, in denen der kleine Wald vorkommt, den ich im Sommer meiner Begegnung mit Lena am Rand des Lagergeländes gefunden hatte, in jenem Sommer, in dem wir siebzehn waren. Ein Ort, an dem ich vor den Kindern, vor den anderen Betreuern meine Ruhe hatte und den ich noch immer aufsuche – in meiner Fantasie, im Verlauf meiner Panikattacken. Gerne erinnere ich mich an meine langsamen Schritte, wenn ich die ersten Kiefern hinter mir ließ und mich jeden Tag an dieselbe Stelle setzte. Mechanisch rupften meine Finger die einzelnen Grashalme aus. Meine Aufmerksamkeit konzentrierte sich auf das Häufchen Kiefernadeln, das sich in meiner Kniekehle bildete, pikste und kitzelte. Das war vor sechzehn Jahren, doch ich kann noch immer das Gras an meiner Haut fühlen, den Hals des Wasserkanisters an meinen Lippen, ein Schluck, und noch einer. Von dem auf einer leichten Anhöhe liegenden Wald aus konnte ich das ganze Lager überblicken, in dem alle ihren Aufgaben nachgingen, ohne sich beobachtet zu fühlen. Ich erkannte Gruppen von Freunden, einen Streit in der Nähe der Duschen, flirtende Hände, die sich im Schatten eines Zelts flüchtig berührten, ein Kleid, das gegen ein Glitzergloss eingetauscht wurde, einen Jungen, der mit seinem Taschenmesser ein Stück Holz zurechtschnitzte, einen anderen, der gerade las.

Natürlich suchte ich, ohne es mir einzugestehen, in Wirklichkeit Lena, sie, der ich meinen Zufluchtsort hätte zeigen wollen, mit der ich mir einen Moment abseits des Treibens der Kleinen und der Spötteleien der anderen Betreuer erhoffte. Fast konnte ich spüren, wie sich unsere Oberschenkel berührten, so wie sie ein paar Tage zuvor, zwanzig, dreißig Sekunden lang einander berührt hatten, bis ich erschrocken mein Bein weggezogen hatte.

Hatte ich mir damals schon ausgemalt, dass ich Lena eines Tages heiraten würde? Dass ich sie zwei Jahre nach unserer Hochzeit auf die Entbindungsstation begleiten und im Kreißsaal auf die Stirn küssen würde, während ich mit besorgtem Blick den Herzrhythmus unseres Babys überwachte? Ich hatte Angst gehabt, war als Zeuge wie gelähmt gewesen, als ich das medizinische Personal in den Raum stürzen sah. Ich drückte meine Lippen auf Lenas Stirn, gab einen kehligen Laut von mir, um sie zu beruhigen. Dann wurde unser Baby geboren, und alle Ängste waren verflogen, bis zu diesem Abend und der einsamen letzten Nacht des Wartens. Als könnte ihnen fern von mir etwas zustoßen. Als fürchtete ich, nicht mehr wach zu werden, um sie willkommen heißen zu können. Als wäre ich nicht bereit zu sagen: Ich bin Vater.

Gerade schminkt sich Rosa in den Kulissen des Cabarets von Shtetl City. Sie probiert verschiedene Perücken auf ihrem spärlichen, blonden und kurz geschorenen Haar aus. Jeden Morgen zieht sie schon einmal die Kleidung über, die sie abends auf der Bühne tragen wird und die, je nach dem Stoff, der ihren breiten, aber zarten Körper bedeckt, ihre Schulterlinie anders betont. Auschwitz hat die Auszehrung industrialisiert, Rosa wollte in mehrere Körper schlüpfen. Unter den Scheinwerfern ist sie slawisch oder orientalisch, Frau oder Mann, alt oder jugendlich, üppig oder rachitisch. Sie ist sämtliche Sies und Ers, denn sie alle sind nicht mehr, ihr Leben ist ein ständiges Kaddisch. Das Publikum weiß nie, welche Version von Rosa auf die Bühne steigen wird, dabei deklamiert sie doch jeden Abend auf den Brettern die gleiche Geschichte. Manche haben mehrere Vorstellungen gesehen, und alle schwören, dass die Wörter immer identisch sind wie bei einem rituellen Gebet, dessen Sätze sich mit der Selbstverständlichkeit eines Klagelieds aneinanderreihen. Im Verlauf der Geschichte krümmt sich ihr Körper dem Ende der Darbietung und der mit Spannung erwarteten Aufzählung entgegen. Wahrscheinlich hoffen sie, dass sie endlich nachgeben und Einzelheiten aus ihrem Leben im Lager preisgeben wird. Doch Abend für Abend folgt sie der Tradition und reiht nur die Begebenheiten ohne weitere Details aneinander – das Paradox der verwüsteten Überlebenden und stummen Zeugin.

Heute bereitet sich Rosa hinter den Kulissen auf ihren Auftritt vor: die erste Vorstellung der Woche, die letzte in der Geschichte von »Camp Camp«. Sie ist außer Atem, hat das Gefühl, zu viel gesprochen oder zu viel geschwiegen zu haben. Heute Abend wird sie den Vorhang für immer fallen lassen. Sie weiß, dass ihre Arbeit bald enden wird und sich das Vermächtnis, das sie nicht über eine Nachkommenschaft weitergeben konnte, in ihren eigenen Worten verdichtet, in dem Mythos rund um das Cabaret. Mythos – dieses Wort hat sie ihr Leben lang gefürchtet, und doch vollendet es ihr Werk entgegen ihren eigenen Prinzipien.

Sie verübelt es sich, den Anfragen der Presse stattgegeben zu haben, nachdem sie es sich bisher immer untersagt hatte. Doch Rosa hatte gespürt, dass der Moment gekommen war, ihrer Stimme über die texanische Wüste hinaus, bis nach Europa Gehör zu verschaffen. Im Saal waren Aufnahmen verboten, man durfte weder filmen noch fotografieren. Das Interview im französischen Radio war das einzige und letzte gewesen, gleichsam der Abschluss ihrer Vorstellung. Frankreich war das Land, das ihre Familie aufgenommen hatte. Das sie denunziert hatte. Das, in dem die Ihren überlebten, die Nachfahren ihres inzwischen verstorbenen Bruders. Unter ihnen der junge Samuel, der ihr geschrieben hatte.

Während sie sich schminkt, denkt sie an Jania; wie jeden Abend, seitdem ihre Freundin im Dreck von Auschwitz zusammengebrochen ist. Nicht ein Tag vergeht, ohne dass sie die, die wohl ihre einzige Freundin gewesen ist, bei sich sieht. In ihren viel zu lebendigen Erinnerungen gibt es dieses Licht, das Gebell, die Schreie auf Deutsch, Blicke, die ausweichen, um den mechanischen Tod nicht mitansehen zu müssen, und die doch mit einer Schärfe, die um des Überlebens willen verheimlicht werden muss, nach vertrauten Gesichtern Ausschau halten. Rosa hatte sich einige Monate zuvor nicht von ihrem Vater verabschieden können, auch nicht von ihrer Mutter, als sie aus dem Zug gestiegen war. Sie wusste noch nicht, ob sie sie je wiedersehen würde und was diese Menschenschlangen bedeuteten. Ihre Kleider waren völlig durchnässt, ihre Füße versanken in der aufgeweichten Erde. Rosa war durchgefroren, spürte jedoch, dass sie nicht das Recht hatte, zu zittern, ihr Körper musste seine Schwächen verbergen. Nur ihre linke Hand hatte Mühe, sich zu beherrschen, suchte nach dem Halt einer mütterlichen Hand. Ihr Zeigefinger hatte sich zu regen begonnen, erst langsam, schlug dann aber, wie in unkontrollierten Zuckungen, immer wieder gegen den Daumen, ohne aufhören zu können – dieser linke Zeigefinger drohte, sie zu verraten. Da nahm Jania ihre Hand – eine Frau ohne Alter und ohne Haare, die man auf fünfzig hätte schätzen können, obwohl sie nicht älter als dreißig war. Rosa kannte ihren Namen nicht, sie wusste nichts von ihr, doch beide sollten sie bald einen unermesslichen Schmerz empfinden. Seite an Seite würden sie den Geruch des Völkermords einatmen und ihre Erinnerung mit einem Napf besiegeln.

Rosa schenkt sich Wasser in ein Stielglas ein, das

sie fest in der linken Hand hält. Sie hat keinen Durst, zwingt sich aber, es auszutrinken, bevor sie die Loge verlässt. Der Gang ist düster, sie steht jetzt hinter dem schweren Vorhang, öffnet ihn einen Spalt weit. Der Saal ist leer. Kurz stellt sie sich vor, dass Jania in der Mitte auf einem der Holzstühle sitzt, dann schließt sie die Augen und tritt zurück, bewahrt das Bild noch für einen Augenblick.

Wir waren einen oder zwei Kilometer flussaufwärts gegangen, bevor wir nach links abbogen, glaubte man den Sonnenstrahlen, Richtung Süden. Die Hitze war drückend, und Michaël sprang als Erster in den Fluss. Nach dem vormittäglichen Gang durch die Wüste bot sich hier die ideale Gelegenheit, uns zu erfrischen und den ekligen Geruch unserer Verkleidungen loszuwerden. Zwei Tage und eine Nacht in diesen viel zu warmen Kleidern, die Hüte klebten uns an der feuchten Stirn, mit der Hygiene nahmen wir es nicht allzu genau. Mein Cousin und ich hatten uns mithilfe eines angekokelten Korkens sogar einen struppigen Bart aufgemalt, als hätten wir uns während der tagelangen Wüstendurchquerung nicht rasieren können.

»Hör auf, mich nass zu spritzen! Und versteck deine Brustmuskeln, hier kannst du sowieso niemanden aufreißen.« Michaël spritzte uns immer weiter nass, bis meine Schwester und ich uns nach einem verschwörerischen Blick auszogen und uns auf ihn stürzten, der eine um den Hals, die andere um die Knie geschlungen, bis Michaël nachgeben musste und vollständig untertauchte. Je mehr er sich wehrte, desto lauter lachten wir. Tania wollte nicht lockerlassen, sie hielt ihn jetzt im Schwitzkasten, während ich meine Kräfte schwinden fühlte. Mein Cousin versuchte vergeblich, sich mit einer ruckartigen Schulterbewegung zu befreien, und erstarrte dann. Sein Gesicht lag im Wasser, sein Körper war schlaff, der Rücken verschmolz mit der Wasseroberfläche. Immer noch ausgelassen, lockerten wir unseren Griff, aber er bewegte sich nicht mehr. »Willst du uns verarschen? Los, raus mit dir!« Immer noch nichts. Michaël war schwer, ließ sich nicht aufrichten, und erst als es mir endlich gelang, ihn umzudrehen, wurde mir klar, dass er bei Bewusstsein war. Er starrte mich an, als hätte er ein Gespenst gesehen.

»Wenn du uns Angst einjagen wolltest, ist das nicht nur danebengegangen, es tut mir fast schon leid, dass ich dich nicht hab ertrinken lassen. Wie blöd bist du eigentlich«, rief Tania. Er antwortete nicht, als wäre er vom Gesang der Sirenen in diesem texanischen Fluss verzaubert. Er reichte uns einen Zettel, auf dem mit verwaschener Tinte etwas stand. Es war nicht leicht, die Zeichnung genau zu erkennen, aber unten auf dem Blatt konnte man ein paar aufgeweichte Buchstaben und Zahlen entziffern. »Es geht um das Cabaret in Shtetl City. Da ist von seiner unmittelbar bevorstehenden Schließung die Rede. Wenn wir uns nicht beeilen, finden wir Rosa nie, wir müssen uns sofort wieder auf den Weg machen.« Das Baden war vorbei, die Zeit spielte eindeutig gegen uns, wir mussten schnellstmöglich nach Shtetl City gelangen, um unsere Großtante noch auf der Bühne erleben zu können.

Der Zettel wanderte von Hand zu Hand, während wir uns hastig abtrockneten. Niemand sagte etwas, unsere Mission hatte gerade eine neue Wendung genommen. Wir mussten unsere Zelte abbrechen und uns eine Strategie überlegen, um rechtzeitig im Cabaret einzutreffen, also beschlossen wir, uns zu trennen, um die Gegend systematischer absuchen zu können. In einer Stunde wollten wir uns genau hier wieder treffen, um die gesammelten Informationen auszuwerten. Damit wir uns nicht verirrten, hatte meine Schwester den Einfall, jedem Abenteurer ein Stück Faden von der roten Spule zu geben, die unsere Großmutter uns in die Vorratstasche gesteckt hatte – um den bösen Blick sowie Neid und Eifersucht abzuwenden. So würden wir an jeden Baum, an jedes Schild, dem wir unterwegs begegneten, eine Markierung anbringen, wie drei kleine polnisch-elsässische Däumlinge.

Wir umarmten uns, unsere roten Glücksbringerfäden in der Tasche, und dann stürzten wir los, jeder ohne sich umzusehen, mit einem merkwürdigen Gefühl der Freiheit, und doch ein wenig der Gruppe nachtrauernd. Nach zwei gemeinsamen Tagen hatten wir eine Routine entwickelt, die uns erlaubte, in der Wüste zu überleben und gleichzeitig unsere Kräfte zu schonen. Die Aufgabenverteilung hatte sich ganz selbstverständlich ergeben, meine Schwester war für Sicherheits- und Führungsfragen zuständig, sie kümmerte sich um die Streiche und Beleidigungen, aber auch und vor allem darum, uns in allen möglichen Situationen beizustehen. Nie zeigte sie Schwäche, nie gab sie die Hoffnung auf. Unter ihren Befehlen hielt Michaël Wache, wenn der Wind die Schreie der Kojoten herübertrug, er jagte imaginäre Bisons, stand in unserem Lager gleichzeitig für Kraft und gute Laune. Ich wiederum nahm mir gerne Zeit, darüber nachzudenken, wie wir uns Rosa am besten näherten; ich kannte mich mit den Gestirnen aus und war in der Lage, mich anhand des Himmels zu orientieren, ich konnte eine ganze Nacht lang ein Feuer lebendig halten, ich war der Pfadfinder der Gruppe.

Je weiter wir uns voneinander entfernten, desto mehr wuchs die Sehnsucht. Die Gleichung war unvollständig. Wahrscheinlich aus Stolz wagte aber keiner von uns zu überprüfen, ob die anderen ebenfalls vorankamen – Tania, Michaël und ich gingen forsch und mit beklommenem Gesicht weiter. Die Minuten verstrichen, und wir ließen den Fluss hinter uns. Wir dachten an die Einsamkeit der kommenden Stunde und an die Stille, die uns jetzt schon beunruhigte. Wir wussten nicht, was uns am Ende des Weges erwartete, eine Stunde mutterseelenallein in der Wüste glich für uns Kinder einem ganzen Tag.

Wir hatten, bevor wir uns trennten, nicht von unseren Ängsten gesprochen, schon gar nicht von unserer größten Angst überhaupt: Rosa vor der Schließung des Cabarets nicht zu finden. Ohne es zu wissen, spielten wir fünfundzwanzig Jahre zu früh den Niedergang von Shtetl City. Nie werde ich diesen Tag vergessen.

Wenn es morgen wieder hell wird, werde ich mit unserem Kind sprechen. Während der Mond durch die Fensterläden dringt, spüre ich, wie die Angst meinen Körper überkommt, und niemand ist da, um mich mitten in der Nacht zu beruhigen. Ich atme im Rhythmus von Rosas Worten, die mir durch den Kopf schießen: ihre KZ-Anekdoten, alles, was ich von meiner Großtante weiß und was sie in dem kostbaren Umschlag zusammengestellt hat. Eine ganze Welt entspinnt sich, eine Mischung aus ihrem Leben und den Träumereien meiner Kindheit, wenn wir mit Michaël Cowboy spielten, wenn wir bei den Familienessen über Rosa und Texas sprachen, oft an Pessach, wenn es beim Auszug aus Ägypten die Wüste zu durchqueren galt. Bei Referaten in der Schule, bei Gedenkfeiern oder in meinen alljährlichen Pfadfinderlagern fühlte ich mich verpflichtet, ihren Namen zu erwähnen, wenn die Frage deportierter Vorfahren aufkam – denn diese Frage stellt man uns immer, und auch meinem Sohn wird man sie stellen. Mein ganzer Körper hat das Bedürfnis, ihm davon zu erzählen, ohne ihn zu erschrecken, einfach nur, damit er es weiß. Also versenke ich mich wieder in diese Seiten, die mir gleichzeitig Kraft spenden und mich überwältigen, die von Rosa geschickten Seiten, kostbar, trostlos und doch voller Leben. Denn nach dem Lager gab es die Freiheit und das Leben. Mein Großvater erzählte mir, dass seine Schwester seine Hilfe immer ausgeschlagen hatte, sie war stark und wusste, was sie wollte – wie Tania –, sie wollte ein Leben fern der Tränen derer, die sie bemitleiden würden. Nach der Befreiung von Auschwitz und ihrer Rückkehr nach Frankreich war Rosa schwer erkrankt. Als könnte ihr Körper, der dem Grauen Widerstand geleistet hatte, sich gegen die Strapazen der Nachkriegszeit nicht mehr wehren. Doch sobald sie wieder genug Kraft zum Reisen gesammelt hatte, war ihr Entschluss gefallen, dem Alten Kontinent zu entfliehen und alle Verbindungen mit der einzigen Familie, die ihr blieb – ihrem Bruder –, zu kappen. War es Groll oder Eifersucht? Scham vielleicht? Wahrscheinlich werde ich es nie erfahren, ebenso wenig wie mein Großvater je verstehen konnte, weshalb sie ausgerechnet in dem Moment, da ihr die Befreiung ihre wahre Identität, ihren Namen und ihre Herkunft zurückgegeben hatte, verschwand. Sie war die einzige Überlebende ihrer Familie, er war ein verstecktes Kind.

Rosas Oberkörper nimmt, vom Gesicht bis zu den Schultern, in meinen Gedanken Gestalt an, mischt sich unter meine Erinnerungen an die Ferien, an das Haus in den Vogesen und die nicht enden wollenden Tage. Als wären alle diese Körper, alle diese Gestalten aus der Vergangenheit gekommen, um von Rosa zu sprechen, in einem erschreckenden, aber begeisternden Fieber, einem Fieber, dem ich meinen Körper darbieten will, wenn unser Baby da sein wird. Und so denke ich mir eine Geschichte aus, auf die Gefahr hin, das Bild meiner Großtante zu entstellen; verlegen, aber erleichtert werde ich sie meinem Sohn erzählen, denn er wird sich nicht an den Blick der Überlebenden erinnern. Wenn die letzte Überlebende der Todeslager gestorben ist, wird er sich nicht an jene Gesichter erinnern können, die durch meine Nächte geistern. Wie viel Zeit bleibt noch, bevor die Aufzeichnungen endgültig die verkrampften Hände ersetzen und die Berichte, die an die Öffentlichkeit dringen, nicht mehr von jenen unverwechselbaren Stimmen geäußert werden? Rosa und ihre Tätowierung werden verschwinden, wenn unser Kind seine Urgroßtante im Cabaret von Shtetl City nicht besuchen kann; sei es in einer Geschichte, sei es im Traum.

BEIM EINSAMEN LAUFEN konnte ich meine Gedanken schweifen lassen. Seit unserem Aufbruch hatte ich mir meine Träume nicht mehr vergegenwärtigt, da meine Schwester systematisch jede Stille zunichtemachte, als fürchtete sie die Langeweile oder zumindest jene Momente des Nichts, die sie mit ihrem strengen Blick verdarb. Michaël und ich hingegen brauchten nicht zu sprechen, um unser Einvernehmen auszudrücken. Der Altersunterschied verblasste während der Ferien, und im Angesicht des Abenteuers waren wir uns ebenbürtig. Zugegebenermaßen war Tania die treibende Kraft unserer Gruppe, und ihre Faxen gaben uns die Energie, trotz unserer Müdigkeit weiterzugehen. Während ich immer vernünftig zu sein versuchte, verlieh sie der Wirklichkeit intuitiv eine zusätzliche Würze, um uns bei der Stange zu halten. Ich lief und dachte an Tania und Michaël.

Rosa hatte ich fast vergessen, sie hatte sich verflüchtigt, um einer Art Meditation Platz zu machen, deren unbestimmte Ruhe ich noch immer spüren kann. Das Geräusch meiner Atmung, das sich zwischen die Schichten meines Gedächtnisses schleicht, meine nachgebenden Schultern, dann ein schwarzes Bild. Plötzlich erinnere ich mich an meine Angst. Ich verscheuchte sie mit meiner Fantasie, überzeugte mich davon, dass ich sehr wohl in der von uns erfundenen Wüste auf der Suche nach dem berühmten Cabaret war; es kam nicht infrage, unser Ziel aus den Augen zu verlieren. Doch je mehr Kraft ich wieder verspürte, um dem texanischen Sand zu trotzen, desto dunkler wurde der Himmel. Ich ging weiter, von jener mit einer merkwürdigen Heiterkeit durchzogenen Angst bewegt, erinnere mich an jeden einzelnen meiner Schritte, an meinen sicheren Gang.

Plötzlich eine Tankstelle. Der Rost zerfraß die aus dem Sand und meinen Träumereien auftauchende Anhäufung aus Metall, ein Gebäude, zwei Tanksäulen, ein langer Mast, an dessen Spitze eine zweifarbige Fahne wehte. Der Tankwart würde mir sicher den Weg nach Shtetl City erklären können, und so ging ich näher, als auf einmal ein Knall zu hören war. Zwei

Raubvögel flogen auf. Ein weiterer Knall, diesmal warf ich mich auf den Boden. Eine Frau mit einem Gewehr kam hinter einer der Tanksäulen hervor. Unter dem Hut, den sie sich tief in die Stirn gezogen hatte, waren ihre Augen kaum zu erkennen, ihr Gesicht war vom Alter gezeichnet. Sie trug eine Pistole am Gürtel, und ihre Hände zitterten. Panisch steckte ich den Kopf zwischen die Arme, als könnten mich meine Ellbogen vor den Kugeln und den imaginären Feinden schützen, doch die Frau kam geradewegs auf mich zu, ich hörte den Sand unter ihren Stiefeln knirschen.

Meine Schwester war rasch vorangekommen. Der Wille, als Erste Shtetl City zu finden, hatte ihre Energie beträchtlich gesteigert. Stolz auf ihren Einfall, hatte sie ihren Weg, wann immer sie konnte, mit dem roten Faden markiert, und beschlossen, nicht anzuhalten und so weit und so schnell wie möglich zu gehen, bevor sie mit guten Nachrichten den Rückweg einschlagen wollte. Das Abenteuer als solches beflügelte sie mehr als unsere Suche, aber sie fühlte sich für deren Erfolg verantwortlich. Sie war trainiert, wachsam, ausdauernd und bereit, zu kämpfen, falls ein Feind ihren Weg kreuzen sollte. Doch auch sie dachte nach, sie wusste, dass Michaël und mich eine besondere Beziehung verband, auch wenn sie ihm vom Alter her näherstand. Sie war nicht eifersüchtig, nein, aber im Verlauf dieser Sommerferien hatte sich ein sonderbares Gefühl eingeschlichen, ein Eindruck, den sie nur schwer beschreiben konnte und der sich an diesem Morgen, beim Aufwachen, in einem verstörenden Blick geäußert hatte. Sie habe gemerkt, dass sie zu einer Fremden wurde, sollte sie mir Jahre später sagen. Beim Gehen war ihr dieses Wort in den Sinn gekommen: Sie hatte sich wie eine Fremde gefühlt, die ein Land fern der Ihren besuchte. Sie sah sich um, der Himmel bewölkte sich, und Angst vor der Leere überkam sie.

In der Hoffnung, die Tankwartin würde mich nicht finden, flüchtete ich mich in die Erinnerungen an das Lagerfeuer, das wir bei unseren Nachtwachen anzündeten. Ich hatte Angst, allmählich wurde mir kalt, ich sah, dass die Zeit verstrich, und allein meine Erinnerungen halfen mir, durchzuhalten, ohne in Panik zu verfallen. Ich dachte an mein erstes Pfadfinderlager, im letzten Sommer, an das Tagesende, wenn sich alle in der Mitte des Geländes einfanden. Ein zugleich banaler, alltäglicher Moment, der jedoch immer wieder aufs Neue eindringlich war. Ein Kreis bildete sich, Arme überkreuzten sich und Hände suchten einander, um eine unmöglich zu zerschlagende Kette zu formen, wobei die Finger der rechten Hand ungeschickt nach denen des linken Nachbarn griffen und umgekehrt. Es war der Moment des Abendlieds, den manche einem kürzlich verstorbenen Angehörigen widmeten. Dieses Lied, das von den im Krieg der Résistance beigetretenen Israelitischen Pfadfindern verfasst worden war und dessen Worte ich jetzt, vor der Tanksäule, zu meiner Beruhigung instinktiv vor mich hin murmelte. Dieses Lied stimmten wir an, bevor wir auf dem Lagergelände einschliefen und hofften, am nächsten Tag wohlbehalten wieder aufzuwachen. »Nein, dieses Gewehr gibt es nicht, ich werde nicht sterben.« Und dann rannte ich los, während ich mir im Stillen weiterhin die Worte der Hoffnung aufsagte. Das Lied singt von Liebe, und eine universelle Musik durchdringt die beinahe religiösen, mitten in der Wüste mystisch gewordenen Verse. Manche schließen beim Singen die Augen, andere, wie ich, blicken zu den Sternen auf und denken dabei an die Verstorbenen, die sie geliebt haben. Ich rannte. Die Ängste des

Krieges und der Deportation machten der Hoffnung Platz, die unter dem unermesslichen Himmelsgewölbe zwischen jede einzelne Note sickerte. Ich rannte, atemlos, und die Worte hämmerten an meine Schläfen, um mir zu bedeuten, dass ich lebendig war, beruhigend flüsterten sie mir zu, morgen würde es wieder hell werden.

»Wenn sich die Nacht zur Erde senkt
Wenn der Abend in die Wälder dringt ...«

»… WENN ES MORGEN WIEDER hell wird, Zeig uns die Klarheit des Himmels …« Im Geiste bin ich noch in der Kindheit, in unserer imaginären Wüste, als mein Telefon vibriert. Ich brauche einen Moment, um zu begreifen, wo ich bin. »Dein Sohn ist vor lauter Müdigkeit an meiner Brust eingeschlafen, ich bin erschöpft. Schickst du mir eine Nachricht, wenn du aufwachst? Die Hebamme meint, dass wir gegen elf Uhr gehen können. Ich liebe dich.« Ich hatte die Augen geschlossen, weil ich mir sicher war, nicht einzuschlafen, und es war doch passiert. Es ist sechs Uhr, der Wind peitscht gegen die Fensterläden. Ich habe die Vogesen mitten im Sturm verlassen, irgendwo zwischen Traum, Nostalgie und Schuldgefühlen. Ich muss noch die Wäsche fertig aufhängen, damit die kleinen Schlafanzüge bei unserer Rückkehr trocken sind, und eine weitere Maschine anstellen, bevor ich Lena und unseren Sohn von der Entbindungsstation abhole. Durch die Schlafzimmerfenster tauchen die zornigen Wolken die Wohnung in jenen Zweifel, den ich gespürt habe, als ich mich von Tania und Michaël trennte. Doch hier fühle ich mich in Sicherheit, in diesem Heim, das meine Frau und ich mit Zärtlichkeit ausgekleidet haben, um unser Kind in Empfang zu nehmen.

Sobald man unsere kleine Dreizimmerwohnung betritt, herrscht eine flauschige Atmosphäre: Plüschtiere, bunte Stoffwindeln, Geschenke und der Geruch von Aquarellfarben. Als ich zur Waschmaschine gehe, spüre ich Schuld in mir aufsteigen, dazu ein Gefühl von Scham. Dieser schwere Augenblick sollte doch eigentlich ein heiterer sein. Bin ich, wenn ich so reagiere, ein normaler Vater? Vater – allein der Gedanke an dieses Wort lässt mich innehalten. Vater, mit Liebe, Verantwortung und allem anderen? Als wäre die Nacht noch nicht vorbei, bewahre ich die Melancholie, bevor ich antworte, male mir aus, dass es noch nicht wieder hell geworden ist, ich bewahre sie wie jene Glücksmomente, die zu selten sind, um sie zu zweit auszukosten. Die Lektüre eines Liebesbriefs, ein Kreuzkümmelgericht, das die Kindheit heraufbeschwört, merkwürdigerweise auch die Last der

Shoah. Ein paradoxer Genuss, und doch will ich noch ein bisschen in ihm schwelgen, bevor ich hinter all das einen Schlusspunkt setze, bevor ich Rosa und die letzten Überlebenden der anderen Lager, die bald nicht mehr sind, in Gedanken unsterblich mache.

Schon als wir uns kennenlernten, staunte Lena über die Traurigkeit, die sich bei mir unter große Freuden mischt. Unsere Sommerliebe in einem Pfadfinderlager, eine Liebesgeschichte, die ich spätestens im Herbst zu Ende gehen sah. Es war eine Zeit, in der Telefonieren noch teuer war, lange Gespräche fanden verkabelt statt, eine Intimsphäre gab es nicht. »Schatz? Für dich, deine Freundin aus dem Lager!« Ich höre die Stimme meiner Mutter und spüre peinlich berührt, wie ich schleunigst meine beginnende Erektion in den Griff bekommen musste, bevor ich den Hörer entgegennahm, den sie mir lächelnd hinhielt. Wir redeten stundenlang, nächtelang. Und als wir in unserem letzten Studienjahr in derselben Stadt lebten – unsere Freunde hatten uns schon die Trennung prophezeit –, schlugen wir den Weg zu einer Liebe ein, die nicht mehr nur in sich selbst verliebt war, den Weg zu einer Liebe, die etwas aufbauen wollte.

WENN DIE VORSTELLUNGEN zu Ende gehen, begleitet der Beifall Rosa bis in ihre Loge, hinter die rote Tür. Von dort aus steigt sie über eine Treppe hinauf in ihre Wohnung. Wenige Möbel nur, ein schmales Bett, ein großes Sofa, ein Sekretär. Sie hat keine Küche, seit Jahrzehnten isst Rosa mittags und abends im Saloon von Shtetl City, als Gegenleistung hat sie einen Teil ihrer Einnahmen sowie Freikarten für die Angestellten und treuesten Kunden zu bieten. Sie dürfen in der eigens für sie reservierten ersten Reihe allen Vorstellungen beiwohnen und gehen nie vor dem Schluss. Sie kennen Rosas hypnotisierende Darbietung in- und auswendig, die Geschichte ihrer Kindheit und die, die sie verschweigt. Die große Geschichte, die sie aufzählt, anstatt sie zu erzählen, die Shoah und die versuchte Vernichtung der Juden, dort drüben in Europa. Und doch ist es, als entdeckten sie diese furchtbare Vergangenheit Abend für Abend aufs Neue.

Rosa versteht es, ihre Stimme und den Rhythmus ihrer Sätze zu modulieren, um die Spannung bei den Zuschauern steigen zu lassen. Die Geschichte ihres Vaters stürzt den Saal in ein vorübergehendes Grauen, bevor das Leben trotz des Schmerzes weitergeht und alle auf ihren Sitzen wieder Atem schöpfen. Es war ganz zu Anfang der Besatzung gewesen. Um die Seinen zu schützen, hatte Rosas Vater ihnen nicht gesagt, dass er sich in einem Untergrund-Netzwerk engagiert hatte, das dem Kommissariat des 18. Arrondissements mithilfe eines wohlgesonnenen Polizisten Informationen über die bevorstehenden Razzien entlocken und sie an die Hierarchie der Résistance weiterleiten sollte. Die Mitglieder des Netzwerks wurden wegen kleiner Diebstähle festgenommen, fanden in der Zelle ein von dem Maulwurf eingeschleustes Papier vor und wurden nach ein paar Stunden wieder freigelassen. Rosas Mutter wusste nichts von diesen Aktivitäten, ebenso wenig wie ihre zwölfjährige Tochter und ihr acht Jahre alter Sohn. Eines Abends jedoch klopfte ein einfacher Polizist an die Tür. Aus der Uniform, die im Korridor stand, troff der Tod. »Ihr Mann ist wegen Ladendiebstahls festgenommen worden.« Dann eine zu lange Pause. »Ein anderer Häftling hat ihn zusammengeschlagen und ihm die Besatzung vorgeworfen, an der ihr schuld seid, ihr Juden.« Wieder eine Pause. »Ihr Mann ist verstorben, mein herzliches Beileid.« Rosa hatte alles gehört, sie hatte gesehen, wie ihre Mutter die Tür schloss. Wie sie ruhig Richtung Toilette ging und sich übergab.

Auch Rosa sollte sich ein paar Monate später übergeben, vor Janias Augen. Nachdem sie die Massenverhaftung überlebt hatte, den Transport Richtung Osten, die Selektion, die Trennung, den Tod ihrer Mutter und die Erinnerung an ihren kleinen Bruder, der am Vorabend der Verhaftung zu den Nachbarn gebracht worden war, brach sie zusammen, als sie ihrer neuen Freundin Beistand leistete. Die Kunde verbreitete sich im Lager wie ein Lauffeuer. Jania war Hebamme gewesen, bevor sie deportiert worden war, und so suchten alle Gefangenen, die sich für schwanger hielten oder es tatsächlich waren, Hilfe bei ihr. Wenn sie nach ein paar Wochen merkten, dass sich mitten in jener Todeslandschaft Leben in ihnen entwickelte, fragten die Häftlinge sie um Rat. Jania hatte rasch begriffen, welches Schicksal die zukünftigen Mütter und ihre Föten erwartete. Die Gaskammer oder, schlimmer noch, medizinische Experimente. Die Hebamme verwandelte sich in eine Engelmacherin, mit oder ohne Zustimmung der Patientin, und Rosa wurde ihre Assistentin.

Sie mussten rasch handeln, um nicht aufzufallen, und den Fötus, wenn er zu groß war, möglichst diskret wegschaffen. Jania beeilte sich, ihre behelfsmäßigen Instrumente zu reinigen und die leeren Mütter zu trösten, Rosa kümmerte sich darum, die leblosen Körper verschwinden zu lassen. Bereits beim zweiten Eingriff fand sie instinktiv die beste Methode: Sie klemmte sich den Fötus zwischen Napf und Unterleib und ging so zu den Latrinen. Beim ersten Mal brauchte sie eine Weile, um ihn unter ihren Exkrementen zu verbergen. Sie hatte sich übergeben müssen, bis sie vor Müdigkeit zusammenbrach. Dann gewannen die schreckliche, vom Überleben diktierte Routine, der Geruch des Todes und die Notwendigkeit, diese Frauen zu retten, die Oberhand über ihre Befindlichkeiten. Sie schwor sich auf diesen Latrinen, niemals ein Kind zu bekommen. Und von all dem nie wieder zu sprechen.

DIE WOLKEN WAREN noch dunkler geworden, als Tania und ich uns wieder an unserem Treffpunkt einfanden. Ich war umgekehrt und meinen roten Fäden bis zum Fuß der Platane gefolgt, an der wir uns getrennt hatten. Die Stunde war uns endlos erschienen, und wir umarmten uns wie alte Freunde, die sich seit Jahren aus den Augen verloren hatten, bevor wir uns hinsetzten, um uns gegenseitig von unseren Abenteuern zu erzählen. Ich konnte mir allerdings keine Blöße geben und ihr gestehen, dass ich Angst gehabt hatte, also bog ich die Geschichte zurecht und überzeugte mich selbst von meinem Mut. »Nach den ersten Schüssen ist die Alte auf mich zugekommen, sie hatte auf mich angelegt. Ihr Gesicht war ganz staubig. Sie hat mit ihrem Hut gespielt und mich dabei angestarrt, dann hat sie sich umgedreht und mir mit dem Zeigefinger bedeutet, ihr zu folgen. Was sollte ich denn tun, deiner Meinung nach? Ich hatte Angst, dass sie mich über den Haufen schießt, also bin ich in die Tankstelle gegangen, langsam, immer auf der Hut, ich wäre sofort abgehauen, wenn es brenzlig geworden wäre. Es war total merkwürdig, die Alte hat so getan, als ob ich Luft wäre, dann hat sie einen Gaskocher angeworfen und Kaffee gekocht. Sie hat zwei Tassen gefüllt, mir eine hingehalten und mich zum Hinsetzen aufgefordert. Ihr Gewehr hat sie die ganze Zeit festgehalten, aber irgendwie war es so, als hätten wir einen Nichtangriffspakt geschlossen, seit ich durch die Tür gekommen war. Irgendwann hat sie sich Whiskey eingeschenkt, und da habe ich verstanden, dass sie schon betrunken war und ich ihr vielleicht ein paar Informationen entlocken könnte. Die Tankwartin hat Rosa tatsächlich gekannt, aber was sie sagte, klang sehr verworren. Als hätte sie bei der Erwähnung von Shtetl City sofort den Kopf verloren. Dann hat die Alte nur noch rumgesponnen und von den verrückten Partys erzählt, die nach den Vorstellungen im Cabaret stattgefunden haben, literweise Whiskey soll es gegeben haben, und so weiter und so fort.«

»Und so weiter und so fort?«

»Na, du weißt schon. Familiengeheimnisse eben,

die Shoah und das alles. Aber sie hat mir gesagt, dass Rosa wirklich nie über die Lager gesprochen hat, wie Papi es auch immer erzählt. Und danach haben wir angestoßen.«

»Du, du hast Whiskey getrunken?«

»Und ob, richtig schwindlig war mir. Aber beim Zurücklaufen habe ich wieder einen klaren Kopf gekriegt. Und bei dir? Gibt es Neuigkeiten von Michaël?«

Tanias Reise war sehr viel ruhiger verlaufen. Kein denkwürdiges Treffen, über das sie hätte berichten können, nur eine lange, schweigende Durchquerung. Tania trieb sehr viel Sport, vor allem Kampfsportarten, aber sie joggte auch und hörte dabei Musik. Sie war es nicht gewohnt, im Stillen zu laufen, dem Rhythmus der Stille zu lauschen: einer Mischung aus Körperlauten – die Herzschläge, die heruntergeschluckte Spucke, das leichte Magenknurren –, und leiseren Geräuschen, die in der Wüste verstärkt wurden. Sie hörte die Kakerlaken durch den Sand kriechen. Sie hörte das Flügelschlagen des Adlers, der über ihrem Kopf kreiste. Sie hörte sogar die trockenen Pflanzen, die dem Südwind trotzten, jedoch kein Geräusch, das sie zum Cabaret geführt hätte. Gerade als ich mit der alten Tankwartin anstieß, war Tania stehen geblieben, um den Himmel zu betrachten. Als sie all die Wolken sah, war sie ohne jeden Hinweis auf Shtetl City einfach weitergegangen. Bestimmt war sie in die falsche Richtung gelaufen, doch Tania spürte, dass sich das Cabaret in der Nähe befinden musste. Als sie nichts entdecken konnte, hatte sie sich schließlich enttäuscht und schicksalsergeben in die entgegengesetzte Richtung aufgemacht und war von Faden zu Faden wieder hierhergekommen, um unsere Verabredung einzuhalten.

Die Minuten flogen dahin, fast zwanzig waren es schon seit der vereinbarten Zeit, und noch immer kein Lebenszeichen von Michaël. Er hatte vermutlich weder auf seine Uhr noch auf die Sonne geschaut, vielleicht hatte er sich aber auch einfach verlaufen. Der Himmel verdüsterte sich weiter, ein feiner Regen begann zu fallen – für einen Schauer waren wir nicht ausgerüstet. Es war, als versuchte die Nacht, mitten am Nachmittag mit der Sommersonne zu wetteifern, wenn wir uns nicht beeilten, wären wir bald komplett durchnässt. Die Minuten verstrichen, wurden länger und länger, wir wollten uns lieber nicht ausmalen, dass unser Cousin sich verirrt oder noch Schlimmeres erlebt haben könnte. Und da wir keine Möglichkeit hatten, ihn zu erreichen, begannen wir, uns mit der Situation abzufinden: Vielleicht war er nach Hause gegangen? Oder er war entführt worden? Diese Wüstengeschichte wurde immer verworrener in unseren Köpfen, wir wussten nicht mehr, ob die Gefahren real waren oder unsere Kinderspiele uns vor den dramatischen Ereignissen schützten. Plötzlich hörten wir einen Schrei. Dann noch einen. Jemand rief um Hilfe.

WENN ES MORGEN WIEDER hell wird, sind wir eine Familie. Diese von Rosas Geschichte in Anspruch genommene Nacht hat mich daran gehindert, an uns zu denken, an unsere Zukunft, an unser Heim nach der Rückkehr von Lena und unserem Baby. Der Qualm der Krematorien hat mein Sichtfeld getrübt, ein Nebel, von dem mir schlecht wird, während ich durch die Wohnung laufe. Ich bin noch nicht bereit, und Lena fehlt mir entsetzlich. Ich hatte das merkwürdige Gefühl, sie bei der Geburt zu verlieren, und dann ein weiteres Mal in der ersten Nacht ohne sie, als ich allein in meinem Bett eingeschlafen bin. In einer eisigen Wüste suchte ich nach ihren Händen, nach ihren Schultern. Vermutlich die vogesische Wüste meiner Erinnerungen, in der wir fast eine Stunde lang auf Michaël gewartet hatten.

In meinem Traum verschmolzen die Gesichter

von Lena, Rosa und unserem Baby mit dem meines Cousins als Kind, in einer verlassenen Hütte. Ihr Geschrei weckte mich, ein grauenvoller, aus der Kindheit aufsteigender Klang. Ich setzte mich auf die Bettkante, die Decke wie einen Gebetsschal über den Rücken gelegt. Ein Tallit der Trauer. Ich atmete tief durch und beruhigte mich. Dann machte sich ein Gefühl von Wärme breit, der Eindruck, dass Lena jetzt im Schlafzimmer war, um mir zu versichern, dass all das nur ein Albtraum war. Und allmählich spürte ich sie neben meinem betenden Körper, spürte, wie ihre Lippen mir ins Ohr murmelten: »Wenn es morgen wieder hell wird …«, wie damals, als sie siebzehn gewesen war und wir diese Worte gemeinsam gesungen hatten, Hand in Hand.

Ich glaubte, mit meinen Ängsten leben gelernt zu haben, doch nach der Geburt sind sie aufs Neue hochgekommen. Ich empfinde wieder das Bedürfnis, zu kratzen, zu gestikulieren, mein Körper von Panik erfüllt, der Krise ausgeliefert. Ich atme langsam ein, lege mir zur Beruhigung eine Hand auf den Bauch. Und ich stelle mir vor, wie sie neben mir liegt, Lena, die mir Mut macht, mir zuflüstert, dass ich nach dieser letzten Nacht ohne sie, ohne ihn, ohne sie beide nie mehr allein sein werde. Seit wir uns begegnet sind, besänftigen ihr rundes Gesicht und ihr strahlender Blick mich und meine Angstanfälle. Als sie mit dem beweiskräftigen, weißen Plastikrechteck lachend in unser Schlafzimmer, in dieses Zimmer hier kam, begriff ich nicht sofort. Dann brach ich in Tränen aus. Die Vorstellung, mit Lena eine Familie zu gründen, löste etwas Neues in mir aus, ein Weinen, das anders war als das, mit dem meine früheren Krisen geendet hatten. Jetzt allein in diesem Zimmer denke ich an den, der ich ohne sie bin. Düster, gequält, egoistisch und neurotisch. Der Junge, der ich bis zu unserer Begegnung gewesen war und der nie wirklich verschwunden ist.

Wenn es morgen wieder hell wird, sind wir Waisen. Ohne die Hände all derer, die zitterten, als es dem Ende zuging, ohne ihre ruhigen Gesichter, die mehr über das Grauen aussagten als die von Mahlzeit zu Mahlzeit, von Schulklasse zu Schulklasse, von Vorträgen zu Radiosendungen wiederholten Worte. Nie werde ich die Anfälligkeit ihrer Körper vergessen, wenn es Zeit war, die Stimme zu senken; wahrscheinlich war das das Schwerste: nach dem Sprechen über die Lager dem Schweigen und dem Unbekannten jenes Vermächtnisses Platz zu machen. Schon Vater und bald Waise, ohne die Überlebenden, die das Unsagbare erzählen können, aber mit der Pflicht, weiterzugeben. Ein generationenübergreifendes Schwindelgefühl, wie wenn wir unsere Mutter verlieren und mit ihr das Geheimnis unseres Wesens. Wer sind wir, wenn die Vorfahren nicht mehr da sind, um die Vergangenheit zu benennen? Die Angst wächst mit der Zeit, die Aufzählung der letzten Überlebenden gleicht dem morgendlichen Appell im Lager. Ich höre Vornamen, Nachnamen, Nummern. Gebell aus einer anderen Zeit, das sich unter die Erinnerungen und die Angst mischt. Wenn die letzte Stimme erlöschen wird, sind wir der Finsternis ausgeliefert.

IHRE ALBTRÄUME SIND nicht nur voller Leichen. Rosa wird vom Leben verfolgt, von den Entscheidungen, die ihr das Zurückkommen unter die Lebenden ermöglicht haben. Unablässig sieht sie die Bilder dieser Augenblicke vor sich, in denen ihr Körper für sie entscheiden musste, nachdem Erziehung und Moral nichts mehr zu melden hatten. Wie oft hatte sie den schwächsten Frauen das Essen geklaut, denen, die mit Sicherheit nicht überlebt hätten! Sie gehörte nicht zu den Streitsüchtigen, sie handelte rasch und diskret. Niemand durfte ihre Vergehen bemerken, sie musste um jeden Preis ihre Kräfte schonen, jeder Schlag, jeder Schrei war genau bemessen. Sie hatte Tote beraubt, Stofffetzen gestohlen.

Dann erloschen eines Tages Janias Augen. Die anderen Frauen hatten versucht, ihr alles zu entwenden, als sie ihre Pupillen von Krankheit und Erschöpfung getrübt sahen, zu schwach, um sich zu wehren, bereits zu entrückt, um es ihnen zu verübeln. Dabei wollte Rosa es nicht glauben, sie konnte ihre Freundin nicht gehen lassen. Sie hatte Tausende von Frauen aufgeben sehen, aber Jania war das letzte menschliche Wesen, das sie mit dem Vorher verband, mit dem Leben vor Auschwitz, jener fernen, sorglosen Zeit, wo es Leid und familiären Tragödien zum Trotz einen Platz für den anderen gegeben hatte.

Als Jania beim Appell nicht mehr stehen konnte, stützte Rosa sie ein letztes Mal und küsste sie in den Nacken. Die Knochen stachen unter der fahlen Haut ihrer Freundin hervor, sie konnte ihre Knorpel spüren. Sie flüsterte ihr zu, dass sie ohne sie nicht überleben würde. Sie wartete auf eine Antwort, aber Jania hatte nicht die Kraft, zu sprechen, sie hauchte. Ihre letzte Geste bestand darin, unendlich langsam die Schnur aufzuknoten, an der vor ihrem Schambein der Napf baumelte – der sie ernährt und die wässrige, die Gefangenen am Leben erhaltende Suppe aufgenommen hatte. Der Napf fiel zu Boden, ein metallisches Geräusch, das den Tod vorwegnahm. In diesem Moment ließ Rosa ihre Freundin los und griff nach dem kostbaren Gut, das sie Zeit ihres Lebens, auch in Shtetl City noch, behalten würde.

Jahre später sollte sie ihr Cabaret unter dem Gelächter der durchreisenden Männer aufbauen. Bei ihrer Ankunft gab es die Stadt noch gar nicht, der Ort war eine einfache Kreuzung zwischen zwei Wegen, die von Kaufleuten und letzten Goldsuchern befahren wurden. Sie brauchte kein luxuriöses Dach, sie hatte Bretter, Werkzeug und Kupfer gegen ein paar Goldklümpchen eingetauscht, die sie ein Stück weiter weg auf dem Grund des Baches gefunden hatte. Sie hatte sich an *Die Eiche und das Schilfrohr* erinnert, die erste Fabel, die sie in der Grundschule selbstständig gelesen hatte, eine Geschichte, die sie in einem nostalgischen, mit der Zeit fehlerhaft gewordenen Französisch vor dem Einschlafen immer noch aufsagte. Einfache Bretter also, um sie vor dem sandigen Wind zu schützen, auch wenn sie vor nichts Angst hatte und sich vor dem Tod wegzuducken wusste. Manchmal träumte sie davon, ihr Ende voranzutreiben, ihre Wurzeln waren im Reich des Todes verblieben, und der Freitod wäre das einzige Mittel gewesen, die Bilder von Auschwitz auszulöschen. Doch vor dem trockenen Gesicht ihrer auf den Schnee gefallenen Freundin, angesichts von Janias Körper, der nicht mehr warm genug war, um die Flocken unter ihrem Nacken schmelzen zu lassen, hatte sie sich geschworen, weiterzukämpfen.

Vor ihr hatten allein die Goldwäscher gewagt, in dieser wüstenartigen Region zu kampieren, in der Nähe des einzigen Baches, in einem Lager, das nach Dreck und Männlichkeit stank. Der Colorado war weit weg, sie hielten sich in ein paar Dutzend Meilen Entfernung von der kleinen Stadt Odessa auf. Rosa hatte hier einfach ihre aschkenasische Nase reingesteckt und ohne ein Wort begonnen, mit all den Männern zu arbeiten. Nein, damals sprach sie so gut wie gar nicht, reagierte nicht auf die Erniedrigungen und fürchtete keine Anstrengung. Das Gold, das sie anhäufte, bewahrte sie in einer Ledertasche auf, von der sie sich niemals trennte. Die anderen waren fasziniert von dieser Frau ohne Vergangenheit, die auf Jiddisch träumte. Manchmal schrie sie und rief Janias Namen.

Dann war sie eines Tages verschwunden. Ein paar Wochen später jedoch sah man sie auf dem Rücken eines Pferdes, das einen Karren mit dem nötigen Material zum Bau ihres Hauses zog. Die Goldsucher, die sie für verschollen gehalten hatten, bereiteten ihr einen herzlichen Empfang, und Rosa war gerührter, als sie es sich je hätte vorstellen können, ihre erste Gemütsregung seit Auschwitz. Vertraute Gesichter, die sie wiedersah ... Sie bat die Männer, ihr gegen Bezahlung zu helfen, aber sie weigerten sich und begannen, ohne jede Gegenleistung das erste Gebäude von Shtetl City zu errichten.

Wenn die Wüstenreisenden dieses Holzhaus mitten am Horizont sahen, hielten sie an, um dort etwas Schatten und vielleicht jemandem zum Plaudern zu finden. Sie waren überrascht, eine eher zurückhaltende Frau anzutreffen, die sagenhafte Geschichten erzählte: von Polen und von Paris, vom Shtetl und später der kleinen Dachwohnung, in der sie bis zu ihrem zwölften Lebensalter mit ihren Eltern und ihrem Bruder gelebt hatte. Sie weigerte sich, über die Monate vor ihrem Aufbruch in die Vereinigten Staaten zu sprechen, erwähnte lediglich die französische Polizei sowie die mit ihr und ihrer Mutter im Waggon und danach im Lager eingepferchten Familien. Keine Einzelheiten, nicht einmal für die Stammgäste, die Monat für Monat an der Kreuzung vorbeikamen und immer länger pausierten. Einer blieb ganz und beschloss, eine Art Saloon zu eröffnen, damit die Reisenden ihren Durst stillen konnten. Dann siedelte sich direkt daneben ein Hufschmied an. Rund um Rosa und ihre Geschichten, denen immer mehr Besucher lauschten, entstand allmählich ein kleines Dorf. Und bald erwuchs aus dem texanischen Sand eine richtige Stadt, in der alle in der Nähe dieser rätselhaften Frau, der Wüstenhexe, wohnen wollten. Ein Barbier ließ sich nieder, eine Kirche wurde errichtet, und eine Synagoge extra für Rosa – in die sie nie zum Beten ging.

Später fügte sie ihrem Haus einen Anbau hinzu, um all die geschichtshungrigen Neugierigen empfangen zu können, dazu eine Etage für sich, die von einem kleinen Raum aus zugänglich war – ihre spätere Loge, deren Eingangstür sie rot bemalte. Die zusammengewürfelten Zuschauer unterstützten sie tatkräftig und brachten ihr Lebensmittel. Da hatte sie den Einfall, zur Unterhaltung aller Durchreisenden ein Cabaret zu gründen, und 1955 öffnete »Camp Camp« seine Türen. Von da an sollte sie ihre Darbietung Tag für Tag immer weiter ausfeilen, insbesondere die berühmte Aufzählung, mit der die Abende in Shtetl City enden.

Ein zahlreiches Publikum bejubelt die im ersten Teil eingeladenen Künstler, beklatscht anschließend

Rosas Kindheitserzählung, bevor es bei der Liste, in der sie jedes einzelne Wort wie Fausthiebe artikuliert, in tiefes Schweigen versinkt. Diese morbide Liste, die den Abend beschließt und ebenso bekannt wie gefürchtet ist, eine Aufzählung, die viele zu revidieren oder zu leugnen versucht haben und die manche zu einem Mythos erhoben haben, ist zu klar und schmerzlich, um ausführlich kommentiert zu werden: Seit Gründung des Cabarets lässt Rosa sie Woche für Woche ins Publikum platzen.

Jetzt sitzt Rosa in ihrer Loge, rückt ihre Lockenperücke zurecht und wirft einen leeren Blick in den Spiegel. Die Zeit verrinnt, sie hat keine Lust mehr auf dieses Cabaret, auf diese Darbietung. In wenigen Augenblicken wird sie damit abschließen, wird sie für immer gehen.

MEINE SCHWESTER KONNTE viel schneller laufen als ich. Sie hatte mich schon um mehrere Hundert Meter abgehängt, rannte dem Schrei hinterher, der uns sicher zu Michaël führen würde. Was war ihm wohl zugestoßen? Mit jedem weiteren Schritt im Sand wuchs die Angst und trieb unsere Beine vorwärts. Jemand wollte unserem Cousin etwas Böses antun, es gab keine Sekunde zu verlieren. Im Laufschritt deutete Tania auf eine verlassene Hütte, in der wir manchmal gerne spielten.

Michaël brüllte, es waren wirkliche Schreie, von denen wir jedoch schnell begriffen, dass sie eher die texanische Wüste als die Wälder der Vogesen durchdringen sollten – wir waren beruhigt, dass sich diese Tragödie in unserer Fantasie, auf unserer Suche ereignete, das Abenteuer gewann wieder die Oberhand. Den Eingang zur Hütte rahmten jetzt nicht mehr zwei

Bäume, sondern zwei bewaffnete Wachen, und ich konnte erneut den Sand unter meinen Schuhsohlen knirschen hören.

Wir versteckten uns hinter einem breiten Kaktus und holten Atem. Unser Cousin war nur noch achtzig Meter von uns entfernt. Tania war es gewohnt, Probleme beherzt und mit hochgekrempelten Ärmeln anzupacken, aber diesmal sah sie, dass die Situation zu ungünstig war. Die beiden Hünen standen vor der Tür, und selbst wenn es uns gelänge, sie unschädlich zu machen, wussten wir immer noch nicht, wie viele weitere Entführer sich drinnen befanden.

»Das schaffen wir nie«, flüsterte Tania. »Ich kann dem da rechts die Zähne ausschlagen, während du den Linken ablenkst, aber bis ich den zweiten ausgeknockt habe, hat die Kavallerie Zeit, rauszukommen.«

»Es sei denn, außer Michaël ist sonst niemand drin ...«

»Kann sein, aber im Zweifel halten wir uns besser zurück. Und das ist nicht gerade meine Spezialität. Wenn ich erst mal in Fahrt bin, hab ich mich nicht mehr im Griff ...«

Wir überlegten weiter, als in der Ferne plötzlich ein Blitz aufzuckte, gefolgt von immer dicker werdenden Tropfen und einem mächtigen Donnerschlag. Die beiden Wachen wirkten beunruhigt, sie waren an derlei Wetterumschwünge mitten im Sommer nicht gewöhnt, es war also der richtige Augenblick, um sie zu überraschen. Doch gerade als wir zum Angriff übergehen wollten, wurde der Regen stärker, bis er die Fackeln löschte und den Eingang der Hütte ins Dunkel tauchte. Die beiden Hünen brachen in Panik aus, und ein dritter Kerl tauchte auf, ein Stück Stoff auf dem Kopf, das ich sofort wiedererkannte: Es war Michaëls blaues Bandana. Tania brüllte los und stürzte auf den Kerker zu.

Ich folgte ihr und schrie mich ebenfalls heiser, ich hatte Angst, auch wenn ich wusste, dass uns in unserer Fantasie nichts zustoßen konnte, ich schrie, als wäre es unsere letzte Chance, den Entführern lebend zu entkommen. Von dem lauter werdenden Gebrüll alarmiert, sahen die Räuber in unsere Richtung und machten sich aus dem Staub, noch bevor wir den Eingang erreicht hatten. Im Bruchteil einer Sekunde war die Wüste wieder zu ihrem Recht gekommen, und niemand verwehrte uns den Zugang zu dem Häuschen, auf das der Regen prasselte. Wir öffneten die Tür einen Spalt weit, drinnen nicht das geringste Geräusch ...

Wenn es morgen wieder hell wird, verlängert sich die Reise auf jenem Weg, der meine Kindheit mit Rosa und meinen Sohn mit der Shoah verbindet. Mit den Jahren habe ich gelernt, tief durchzuatmen, um meine Ängste in Neurosen zu verwandeln. Also hole ich langsam Luft, um meinen Körper zu beruhigen, und flüchte mich in die Vergangenheit. Im Sommerlager, in dem ich Lena kennengelernt habe, verstand ich zum ersten Mal, wie ich mich von mir selbst abspalten konnte – ich befand mich gerade in meinem kleinen Wäldchen, meinem Refugium. Langsam atme ich wieder aus und begebe mich in Gedanken dorthin. Ich bin siebzehn und atme ein, ziehe mich in das Wäldchen zurück, verschmelze mit der Landschaft meiner Jugend. Rings um mich stehen Bäume, etwas weiter weg erstrecken sich Felder, dann eine Landstraße, die durch wieder andere Felder führt, kilometerweit, bis zu einem Ortsschild. Ich stelle meine Füße auf beide Seiten einer dicken Kiefernwurzel, bevor ich meine Reise beginne, mich bis zu dem rot umrandeten Rechteck träume, das die nächste kleine Stadt und die Bäckerei ankündigt, wo zur Sättigung der jüdischen Pfadfinder auf dem Nachbargelände täglich siebzig Baguettes gebacken werden.

Ich beobachte die Wurzel zwischen meinen Schuhen, meine Sohlen, die auf die trockenen, knirschenden Nadeln treten, Tausende braune Stielchen, die sich an ihren Enden aufgabeln wie die von uns als Kindern gezeichneten Vögel. Mein Blick wandert die Wurzel entlang bis zum Fuß des Stamms, ich betrachte die Harzblasen. Als würde ich sie mit den Fingern kneten, fühle ich die klebrige, duftende Masse. Ich kann den der Länge nach aufgesprungenen Stamm spüren und die ersten Zweige, die hoffnungsfroh zum Licht streben. Der Himmel ist noch fern.

Das Wetter ist schön, ein paar weiße Wolken spielen mit der Sonne. Der Wald ist gar nicht so groß, wenn man ihn von oben betrachtet, eingezwängt zwischen die gelben und beigefarbenen Flächen mit den scharfen Kanten und rechten Winkeln. Viel Weizen. Mais und Sonnenblumen. Gesäumt von regelmäßigen

Gräben. Ein grellgrüner Pflanzenscheitel, von zwei Wegen flankiert, die im Laufe der Jahreszeiten von den Rädern der Traktoren zerfurcht worden sind. Der Wind beugt die Stängel, variiert mit jedem seiner Tänze ihre Gelbtöne, und er streift meine Wangen, bevor er abermals entflieht, ohne dass es mir gelingt, seinen Takt zu schlagen. Er flüchtet in Richtung der steinernen Mäuerchen, die das Dorf ankündigen, jener Mäuerchen, die die letzten Kilometer rahmen, auf denen sich abgeschiedene, auf ihren vergangenen Reichtum stolze Häuser erheben. Dann verstummen die Mäuerchen angesichts der von den Schildern angekündigten modernen Welt. Der Ortseingang führt am Friedhof vorbei, der von Unabänderlichem zu künden scheint. Der Asphalt ist unbeholfen, die Gehwege von der Zeit zersprungen. Die Kirche in der Mitte, das Kriegerdenkmal und durchsichtige Gardinen, hinter denen man sich belauert weiß.

Es ist niemand auf der Straße, vereinzeltes Klappern von Besteck, das eilig in die Spüle geworfen wird. Manche schlafen schon, die Mittagsruhe ist kostbar. Das Wetter beruhigt sich, wie die leichte Brise, die die Ruhe jenes ländlichen Frankreichs achtet. Fernab von Bahnhöfen und Autobahnen, von den Bahnsteigen der Metro und den überfüllten Terrassen, fernab von den Städten, in denen man erst hastet und dann in langen Reihen wartet. Ein Frankreich, das nichts von der bis zu den Extremitäten am Körper zehrenden Energie weiß, nichts von den hektischen Fingern, die auf Bildschirme tippen, ein Frankreich, das trotz allem im Sommer diese jungen Pfadfinder aus den Großstädten aufnimmt.

Um nichts in der Welt hätte ich den Juli auf einem Lagergelände verpasst – vielleicht wird auch mein Sohn eines Tages diese Freude erleben. Die Stille der durchsichtigen Gardinen und der vom Nordwind rissig gewordenen Mauern. Die Gassen, die unausweichlich zum Glockenturm und zum Gedenken an die zwei Kriege führen. Die Melancholie der Mäuerchen, die im Rhythmus der Toten bröckeln. Die Felder, die Sonne wie Regen einatmen und sich mit einer unaussprechlichen Lust vom Wind misshandeln lassen. Und dann diese Kiefern, ihre stolzen Wipfel und ihre beruhigenden Wurzeln zwischen meinen Füßen, während es dunkel wird und ich von Weitem schon das Lied höre: »Wenn sich die Nacht zur Erde senkt ...«

HINTEN IN DER HÜTTE wartete im Dunkeln Michaëls Silhouette auf uns, er trug sein Bandana nun wieder um den Hals geknotet. Der Regen sickerte von allen Seiten ein, und wir knipsten unsere Taschenlampen an, um das vertraute Gesicht der endlich befreiten Geisel erkennen zu können. Da brach ich in Tränen aus. Ich konnte gar nicht mehr aufhören, doch nicht wegen der nun ausgestandenen Angst um Michaël, wegen Rosa oder der Wüste, die wir vermeintlich durchquert hatten, es ging um mehr als das. Vielleicht um unsere Kindheit, die uns bald im Stich lassen würde. Meine beiden Gefährten klopften mir auf den Rücken und fuhren in der Geschichte fort, um die belastende Atmosphäre, die ich zu verantworten hatte, zu entschärfen.

»Ich hab die Spur von Shtetl City gefunden«, rief Michaël, »man hat mir einen Saloon direkt neben dem

Cabaret genannt, wo Rosa auftritt, aber gerade, als ich wieder zu euch stoßen wollte, haben sich drei Hünen auf mich gestürzt. Ich hatte keine Wahl, ich musste da durch und warten, bis ihr mir zur Rettung kommt. Sie wollten ein Lösegeld für meine Befreiung, aber da haben sie die Rechnung ohne Großvater gemacht! Ich bin sicher, er hätte keinen Pfennig gezahlt, um mich da herauszuholen.« Endlich konnte ich wieder lächeln. Aber draußen blies tatsächlich der Wind, das feuchte Holz ächzte über unseren Köpfen, Böen peitschten unsere Gesichter. Als ein Blitz die Hütte erleuchtete, stürzten wir nach draußen, unserem Haus entgegen.

»Los, zum Saloon!«

»Schnell!«

Ein weiterer Blitz durchzuckte den Himmel, und Tropfen, die so groß waren, dass sie auf meinem Schädel schmerzten, zerplatzten langsam in der Wüste, wie eine von einem zornigen Gott herabgeschmetterte Plage. Zwischen den Schauern und Windstößen kamen wir nur sehr mühsam voran, da schrie meine Schwester plötzlich, wir sollten auf der Stelle stehen bleiben. Wir drängten uns zusammen – bloß nicht wieder getrennt sein –, und sie hielt uns schützend ihre Tasche über den Kopf. Michaël und ich machten es ihr nach, als wir weiterzogen. Wir arbeiteten uns langsam voran, insgeheim verschreckt und zugleich wie elektrisiert. Der Saloon war bestimmt nur noch einen Steinwurf entfernt.

WENN ES MORGEN WIEDER hell wird, werden wir alle drei erwachen – meine Frau, mein Sohn und ich. Während ich die Wohnungstür hinter mir schließe, presse ich eine Tasche mit ein paar Sachen, eine Stoffwindel und den noch leeren Buggy an mich. Ich spüre Freude in mir aufsteigen, endlich die Freude, von der die anderen in der Familie mir immer erzählen, ohne sich die Zeit zu nehmen, meine Angst zu ermessen. Die Angst, ob ich dem Unbekannten gewachsen wäre, ob es mir gelänge, weiterzugeben statt wegzusperren, mein Kind ohne Vorwürfe in den Schlaf zu wiegen. Der Sturm peitscht noch immer über den Gehweg, ich hebe einen Ast auf, dann einen zweiten, und einen dritten. Die Erinnerungen an das gemeinsame Abenteuer mit Michaël und Tania haben mir durch die Nacht geholfen, und ich habe jetzt schon Lust, meinem Kind, wenn es in seinem winzigen Bett einschlafen wird, von dieser fantastischen Reise auf Rosas Spuren zu erzählen. Ebenso von den Erinnerungen an die Sommerlager mit ihren eindringlichen Gesängen, die mich begleiten und meinen Sohn noch heute Abend einlullen werden. Mir fallen die Worte von Imre Kertész ein – »obwohl ich in jener Nacht eher lebte als schrieb«. Sie bezeichnen die Stunden, in denen er im Geiste *Kaddisch für ein nicht geborenes Kind* geschrieben hat. Kertész hätte mein Großvater sein können, wenn er Leben geschenkt hätte, ich habe selbst Leben geschenkt, ohne dem Licht unserer Toten oder dem unserer letzten Überlebenden zu entkommen. Auch Rosa nicht.

Die Klinik ist nur zwei Straßen entfernt. Ich beschleunige meinen Schritt und spule in meinem Kopf noch einmal den Film meiner letzten Augenblicke allein zu Hause ab. Die klappernden Fensterläden in dem Moment, da ich an den schrecklichen Sturm in meiner Jugend zurückdenke, als pustete der Wind direkt aus unserer vogesischen Wüste. Dann wurden die Läden wieder geschlossen, die Schublade ebenso, und mit ihr auch die Seiten unserer Geschichte: die Seiten, die ich im Namen unserer Vorfahren geschrieben habe, die von Rosa verschickten Seiten und die

Seiten unseres Volkes. Zeilen des Schmerzes, das Vermächtnis der fast unleserlichen Worte. Eine Schublade, die weitergegeben werden will, denn mein Sohn wird vermutlich nie seiner Urgroßtante begegnen und auch sonst keinem Überlebenden, an den er sich erinnern können wird, wenn er alt genug ist, zu verstehen. Eines Tages werden wir zelten gehen, und am Lagerfeuer werde ich ihm von jener Nacht in den Vogesen erzählen, als die Stadt von Shtetl City heller strahlte als je zuvor. Und von jener anderen Nacht, in der ich seine Mutter zum ersten Mal geliebt habe.

Auf der Entbindungsstation im dritten Stock gehe ich mechanisch weiter zum Zimmer. »Ich hoffe, du hast gut geschlafen, ich habe nämlich die ganze Nacht lang kein Auge zugetan!«, ruft meine Frau mir zu. Ich küsse sie, umarme sie fest, ohne zu antworten, und atme den in ihrem Nacken verborgenen Moschusduft ein. Dann beuge ich mich zu dem winzigen Menschenwesen, dessen Plastikarmband den Kontrast zu seiner warmen Haut unterstreicht. Seine Augenlider sind geschlossen, und ich wage nicht, ihn zu berühren, aus Angst, ihn aufzuwecken. Ihn zu zerbrechen. Er lächelt im Schlaf, also lächele ich auch, wie zur Antwort.

Dann spüre ich eine Hand auf meinem Schulterblatt, sie fährt in meinen Nacken und zerzaust mir am Hinterkopf das Haar, bevor sie sich wieder zurückzieht. »Hast du deiner Mutter gesagt, dass wir heute Vormittag heimkommen? Ich bin sicher, dass sie gerade an den Tag denkt, an dem sie den kleinen Samuel mit nach Hause genommen hat«, sagt Lena lachend. »Wenn du wüsstest, wie oft ich diese Geschichte schon gehört habe.« Mein Großvater hatte seinem Sohn sein Auto geliehen, den Ersatzschlüssel aber behalten. Und als mein Vater mit mir im Arm auf dem Krankenhausparkplatz ankam und die hintere Autotür öffnete, um mich in den Kindersitz zu verfrachten, war mein Großvater da, blendend gelaunt und stolz auf die erste Fahrt mit seinem Enkel. Verdutzt zuckten meine Eltern zusammen, und mein Erzeuger hätte mich vor Schreck fast fallen gelassen.

»Mein Großvater hatte einen ... plumpen Humor.«

»Einen jüdischen Humor, meinst du?«

»Wahrscheinlich. Den Humor von Menschen, die leiden. Er hat wirklich gelitten, weißt du, mit nicht einmal acht ist er von seiner Mutter getrennt worden, seine Mutter ist in Rauch aufgegangen, und seine große Schwester Rosa ...«

»Samuel! Nicht jetzt, bitte.«

Sie kommt zu mir und umarmt mich.

»Unser Sohn hat alle Zeit der Welt, um *Nacht und Nebel* mit dir zu schauen, lass ihn noch ein paar Tage in Ruhe. Wenigstens bis zur Beschneidung, danach kannst du ihm alle deine Neurosen weitergeben.«

Michaël verspürte Schmerzen an der rechten Schläfe. Nicht die Entführer hatten ihn verletzt, als sie zu dritt über ihn hergefallen waren – er hatte übrigens keinen Widerstand geleistet –, der Ellbogen meiner Schwester hatte ihn bei unserem wilden Lauf getroffen, als wir gemeinsam in das vermeintlich aus der Finsternis auftauchende Dorf stürmten, drei eingemummelte Cowboys unter ramponierten Schirmen, die uns nur notdürftig vor dem sturzflutartigen Regen schützten. Trotz der schlechten Sicht zeigte Tania auf ein Holzbrett, ein Schild, das in ein paar Metern Entfernung an einem Rundholz befestigt war und das sie mühsam zu entziffern vorgab: »Welcome to ... Shtetl City!«

Wir trauten unseren Augen nicht: Der Sturm hatte uns bis in das Dorf geführt, das sich uns ständig entzog, wie durch ein Wunder waren wir endlich angelangt. Ohne ein Wort gingen wir gemessenen Schrittes den Weg zwischen zwei Gebäudereihen entlang. Eine einzige Straße. Holzfassaden, eine imaginäre Staubwolke wirbelte vor uns auf. Wir warfen uns in eine angeberische Pose, die Western-Brust stolz geschwellt. Wir wussten genau, wo wir hinwollten, begleitet von unsichtbaren, aber siegreichen Trommeln, die jeden einzelnen unserer Schritte unterstrichen – ich erinnere mich noch an die Filmmusik, die sich unter mein Magenknurren mischte, denn wir waren alle drei völlig ausgehungert. Michaël stieß als Erster die Flügeltüren des Saloons auf, gefolgt von Tania und mir.

Es war stickig, die Tische waren leer. Nur eine ältere Frau lehnte an der Bar, nippte an einem Glas Whiskey und unterhielt sich mit dem Barmann, der genauso alt war wie sie. Das Licht war gedämpft, im vertrauten Esszimmer brannte ein Kaminfeuer. Wir setzten uns an einen Tisch, um zu warten, dass man unsere Bestellung aufnahm, und der Barmann, der sich offensichtlich nur widerwillig vom Fleck rührte, bequemte sich schließlich zu uns. Er trug eine schwarze Weste, aus der eine Goldkette hervorlugte, seine fettigen Haare teilten sich in zwei überakkurat gescheitelte, gelglänzende Blöcke. »Was isst man denn in diesem Saloon?«, fragte meine Schwester. Wortlos verteilte der alte Mann ein paar abgegriffene Speisekarten und stellte eine Schiefertafel auf den freien Stuhl. Er spuckte in die Hand und verwischte sämtliche Tagesgerichte zu weißen, schleimigen Schlieren, bevor er mit Kreide schrieb: »Gefilte Fish«. Mein Großvater hatte das Spiel sofort begriffen. »Aber leider haben wir keine Äpfel und keine Bonbons mehr, ich habe alles aufgegessen!« Ich warf meinem Cousin einen erstaunten Blick zu, dann war er also der Wüstenräuber gewesen! Die Aussicht, als Nachmittagsmahlzeit gefüllten Karpfen zu verspeisen, begeisterte mich nicht sonderlich, ebenso wenig wie meine Gefährten, die bald umzukippen drohten. Ohne die anderen um ihre Meinung zu fragen, stand ich auf und bestellte dreimal heiße Schokolade mit Marmeladenbroten.

Nach etwa zehn Minuten, wir setzten gerade unsere Lippen an die großen Tassen, die der alte Barmann uns gebracht hatte, begann er, uns auszufragen: »Ihr seid aber nicht von hier, oder? Ihr seht irgendwie aus wie ... Sucht ihr nach Mädchen?« Ich hörte, wie meine Großmutter sich protestierend räusperte. »Ich nehm euch doch nur auf den Arm, also, was führt euch her?«

»Wir würden gern Eintrittskarten für das Cabaret von Shtetl City kaufen«, antwortete ich.

»Das Cabaret? Ihr habt den Atlantik für einen Abend im Cabaret überquert? Aber ihr habt doch das Moulin Rouge, *Voulez-vous coucher avec moi*, und das ganze Drum und Dran!«

Ein Murren in der Küche.

»Wissen Sie, wo wir Rosa finden können? Sie ist unsere Großtante.«

Bei diesem Namen wurde es still, und das Licht wurde noch dämmriger – als würde das Feuer auf jedes unserer Worte reagieren, als würden seine Flammen uns antworten. Mit leerem Blick setzte der Barmann sich, kramte in seiner Tasche und förderte einen Zettel zutage, den er vor Tania legte. Wir rückten näher an unseren Großvater heran, der uns die folgenden vier seiner Fantasie entsprungenen Zeilen vorlas:

Shtetl City
Letzte Vorstellung heute Abend
Das Cabaret schließt seine Türen
Kommen Sie zahlreich, klatschen Sie Beifall und gehen Sie spät!

»Ich kenne die Frau an der Abendkasse, ich bin sicher, dass sie euch für heute Abend Plätze reservieren kann. Es wird voll werden, ihr solltet zeitig da sein. Brigitte?« Die Frau an der Theke wandte sich um. »Leg drei Karten für die *Frenchies* hier zurück, dann zahl ich dir deinen Kneipendeckel. Sie dürfen die Dernière nicht verpassen. Ich weiß nicht, was aus Brigitte noch wird« – der Barmann begann auf einmal zu flüstern –, »seitdem sie von der Schließung erfahren hat, trinkt sie wieder zwischen den Mahlzeiten.« Und lauter: »*Three, ok., Brigitte*? Seid um achtzehn Uhr unten an der Straße, zwischen der Holzkirche und der Synagoge. Ihr seht dort eine Warteschlange, geht einfach an allen vorbei und sagt, dass ihr auf der Liste steht, als Gäste des Saloons.«

Wir bedankten uns herzlich bei dem alten Barmann, der hinter der Theke unter den entsetzten Blicken unserer Großmutter schon wieder Gläser abtrocknete – seine mechanischen Gesten rundeten die Kulisse ab, als ausgezeichneter Schauspieler hatte er sofort und ganz selbstverständlich bei unserer Geschichte mitgemacht. Als wir aufgegessen hatten, setzten wir uns in die großen Sessel vor dem Kamin. Wir rückten unsere Hüte zurecht, und der Barmann trat mit zitternden Händen zu uns.

DER SAAL LIEGT IM DUNKELN, der erste Teil ist gerade vorbei, und auf der Bühne wird geschäftig Rosas Auftritt vorbereitet. Als sie erscheint, geht ein Schaudern durch die Zuschauer – es ist ihre letzte Vorstellung. Sie ist verstört, im Saal einen jungen Mann mit einem bekannten Gesicht zu sehen, in Begleitung einer Frau und ihres Babys, das er auf dem Schoß hält. Wie ein Trugbild verschwinden jene Augen, die sie wiedererkennt, ohne sie zu kennen, abermals hinter den glühenden Scheinwerfern.

»Dieser Abend, dieser letzte Abend, wird keine Ausnahme bilden. Ich werde Ihnen von meiner Kindheit erzählen und von meiner Familie, die vor den polnischen Pogromen nach Paris geflohen ist.« Bei diesen Worten sucht sie den nunmehr abwesenden Blick, der sie vorhin irritiert hat. Der sie an die unsicheren Augen erinnerte, denen sie bei der Beerdigung ihres kleinen Bruders begegnet war, als sie sich die Hände neben Samuel gewaschen hatte, ihrem französischen Großneffen, dem sie berichtete, was sie hier nie im Einzelnen hatte ausführen können. Sie fährt fort: »Ich werde Ihnen von meinen Nachbarn erzählen, von Freunden, Lehrern und Kameraden, von meinen Begegnungen, meinen Eltern und meinem Bruder. Sie werden die Geschichte einer jüdischen Familie hören, die aus dem antisemitischen Polen und seinem Shtetl geflohen ist, die alles im Stich gelassen hat für die Heimat der Aufklärung, bevor sie dort von den Nazis und Kollaborateuren eingeholt wurde. Sie werden alles vom Davor erfahren.

Doch heute Abend, wie an den anderen Abenden, erzähle ich Ihnen nicht von dem Mann, der auf unserem Treppenabsatz wohnte und der nur meinen kleinen Bruder zu verstecken bereit war, ich erzähle Ihnen nicht von den Ordnungskräften, die an die Wohnungstür gehämmert haben, auch nicht von jenem französischen Polizisten, der die Tränen meiner unaufhörlich mein Alter schreienden Mutter ignoriert hat, nicht von dem Lastwagen, der im Hof anfuhr, von jener tapferen Witwe, die ihre Tochter an ihre Brust drückte, nicht von den endlosen Fahrten, den Tagen des Wartens, dem neuerlichen Aufbrechen, den einander suchenden Augen, und nicht vom Verlust derer, die man mehr geliebt hat als das eigene Leben. Die Schienen, die Selektion, der Qualm, die Kälte, der Hunger, die Einsamkeit, der Ekel, die Angst, der Geruch, die getrockneten Tränen, die in unseren Adern stockende Menschlichkeit, nein, davon erzähle ich Ihnen nicht.« Außer Atem hält sie inne, dann fährt sie fort: »Und dennoch dürfen wir nie vergessen. Wenn die Vorstellung vorbei ist, werde ich die Bühne verlassen und meine letzten Tage in der Wüste verbringen. Draußen werden Sie ein großes Feuer sehen, in dem schon die Gegenstände brennen, die ich all die Jahre über in meiner Loge aufbewahrt habe. Ich habe keine Energie mehr, aber noch Erinnerungen genug, um eine große Feuersglut bis in die frühen Morgenstunden wach zu halten. Morgen wird dieser bescheidene Ort seine Pforten schließen. Dann werde ich schon in weiter Ferne sein, und auch wenn ich die letzte Auschwitz-Überlebende bin, habe ich heute Abend, an diesem allerletzten Abend, noch immer nicht die Kraft, das selbst Erlebte zu berichten. Ich bleibe meinen Dämonen treu, so wie ich es bisher gehalten habe. Andere haben vor mir erzählt, ich habe nur die Kraft zum Aufzählen, um nicht zu vergessen. Alles Übrige soll verbrennen.«

Ohne die Augen abzuwenden, die Lider fest jenem Gesicht zugewandt, das sie für Samuels hält, auf seinem Schoß eine neue Generation Überlebender, beginnt sie: »Ich wurde in einem kleinen Shtetl in der Nähe von Krakau geboren, im Jahr 1930 ...«

Fünf Tage nach unserer Heimkehr – die Shoah und Shtetl City schienen in weiter Ferne – reichte mir der Mohel, der gerade unseren Sohn beschnitten hatte, eine doppelt gefaltete Papierserviette und nahm mir das Versprechen ab, den Inhalt so schnell wie möglich zu vergraben. In dem Päckchen befand sich eine Vorhaut. Am selben Abend noch hockte ich mich in unseren Garten und dachte, als ich, vor neugierigen Blicken geschützt, ein Loch grub, an Rosa. Ich dachte an sie, und in der Ferne hörte ich Katzen maunzen, die sich schon darauf freuten, bald ihr Abendessen auszugraben. Mir wurde klar, dass es Zeit war, meinem einwöchigen Sohn, der fest an Lena geschmiegt schlief, unsere Geschichte zu erzählen. In dieser Nacht, in der nächsten und in allen weiteren. Erzählen, bis er sich selbst erinnern und seinerseits weitergeben konnte, damit es immer wieder hell wurde.

MEINE SCHWESTER, mein Cousin und ich blieben noch lange vor den Flammen sitzen. Heute, wenn ich die Augen schließe und an jene Nacht in den Vogesen am Kaminfeuer denke, kann ich die Gestalt meines Großvaters spüren, der gerührt und zerbrechlich hinter uns steht. »Warst du schon einmal in Shtetl City, um deine große Schwester auf der Bühne zu erleben?« Ich stelle mir Rosa vor, wie sie im Schneidersitz bei uns sitzt, wie sich Schatten auf ihre Wangenknochen legen, während wir alle auf die Antwort warten. Ich erinnere mich an das knisternde Feuer und an das verlegene Schweigen meines Großvaters angesichts der sich rötenden Glut. Die gleiche Glut, die die Nachtwache, bei der ich Lena kennengelernt habe, erleuchtete, eine schaudernde Wärme. Der Atem der Erinnerung in meinem Nacken. »Zweimal. Ich war zweimal in ihrem Cabaret, und ich glaube, sie hat nie davon erfahren.« Rosa beugt sich vor und lächelt, ihre Gesichtszüge bilden die stumme Melodie einer wiedergefundenen Freude. Diese Freude spüre ich in meiner Fantasie, und ich spüre sie noch immer, all diese Feuer, die in meiner Erinnerung miteinander verschmelzen.

Irgendwo in der texanischen Wüste gehen Reliquien, Fotografien und Perücken in Rauch auf. Das Publikum, das nach der Vorstellung hinter dem Cabaret stehen geblieben ist, beobachtet schweigend die Feuersbrunst, Rosa entfernt sich unterdessen. Was weiß sie? Was ahnt sie? Eine neue Generation hat das Licht der Welt erblickt, tief geprägt vom Judentum und seinem Vermächtnis. Der letzte Brief, den Samuel ihr geschrieben hatte, handelte von seiner schwangeren Frau Lena. Diese Neuigkeit hatte Rosa erschüttert, gleichsam ein Sieg über die Geschichte, der sie vom Cabaret befreite. Sie verlässt Shtetl City, gerade als dort drüben, irgendwo in Frankreich, Katzen das Leben anmaunzen. Diese Erde, die sie aufgenommen und dann deportiert hat, die ihrer Familie Hoffnung gespendet hat, bevor sie ihr zum Verhängnis wurde. Ihre Silhouette verschwindet, und die Zuschauer versammeln sich um die Feuersglut, bewegt von jener Abschlussvorstellung und dem Abschied der letzten Auschwitz-Überlebenden. Rosa verflüchtigt sich, und die Erinnerung an sie zerstiebt im Himmel von Shtetl City. Die leichten Ascheflocken tanzen mit den Sternen.

Das Lager in jenem Sommer, in dem wir siebzehn waren, klang rings um ein riesiges Feuer aus. In meiner Erinnerung sehe ich, wie Lena auf mich zukommt, hinter meinem Rücken vorbeischlendert, ohne ihn zu streifen, und in das Wäldchen geht, in dem ich mich für gewöhnlich verstecke. Wie sie nach der ersten Kiefernreihe stehen bleibt. Sich hinsetzt. »Wenn sie zu mir schaut, während ich zu den Bäumen gehe, wenn sie zu mir schaut, ohne sich zu bewegen, weiß ich, dass sie auf mich wartet und das gleiche Brennen verspürt«, dachte ich damals. Und so stand ich meinerseits auf und ging in das Wäldchen.

Lena blickte mich lächelnd an. Ohne zu sprechen, sagten ihre Augen mir, dass wir in dieser Nacht füreinander entflammen würden, eine Nachtwache, ein Leben lang. Dass wir in dieser Nacht zusammen brennen, dass wir uns lieben würden, bis das Leben zurückkehrte. Dass uns in dieser Nacht unsere Küsse an jenen Ort tragen würden, an dem das Leben beginnt und dem Tod Einhalt geboten wird.

Und dass ich eines Tages unserem Kind davon erzählen würde.

Le Chant du soir

Quand la nuit descend sur la terre
Quand le soir s'étend dans les bois,
Vers Toi monte notre prière
Seigneur daigne entendre notre voix.

Dans le camp tout baigné de silence
Éclairé des derniers feux du jour;
Nous chantons vers le D'ieu d'espérance
Ce Chant du soir qu'a dicté notre amour.

Seigneur qui voit le secret de notre âme
Emplis nos cœurs de l'ardeur de Ta foi,
Afin qu'unis dans une même flamme
Nous nous courbions devant Toi.

Sois béni Seigneur Roi du monde
Qui sur nous versa le sommeil,
Donne-nous une paix profonde
Et garde-nous jusqu'à notre réveil.

Quand demain reviendra la lumière
Fais-nous revoir la clarté du ciel,
Que cette nuit ne soit pas la dernière
J'espère en Toi protecteur d'Israël.

Seigneur qui voit le secret de notre âme
Emplis nos cœurs de l'ardeur de Ta foi,
Afin qu'unis dans une même flamme
Nous nous courbions devant Toi.

Das Abendlied

Wenn sich die Nacht zur Erde senkt,
Wenn der Abend in die Wälder dringt,
Steigt zu Dir empor unser Gebet,
Herr, erhöre unsere Stimme.

Im Lager ganz in Stille gehüllt,
Von den letzten Feuern noch erhellt,
Singen wir zum Gott der Hoffnung
Dieses Abendlied im Auftrag unserer Liebe.

Herr, der Du unsere Seele ergründest,
Erfülle unsere Herzen mit der Glut Deines Glaubens,
Dass wir vereint in derselben Flamme
Vor Dir niederknien.

Gesegnet seist Du König der Welt,
Der über uns den Schlaf gegossen,
Verleih uns tiefen Frieden
Und beschütze uns bis zum Erwachen.

Wenn es morgen wieder hell wird,
Zeig uns die Klarheit des Himmels,
Dass diese Nacht nicht die letzte sei
In der Hoffnung auf Dich, Beschützer Israels.

Herr, der Du unsere Seele ergründest,
Erfülle unsere Herzen mit der Glut Deines Glaubens,
Dass wir vereint in derselben Flamme
Vor Dir niederknien.

Diese Worte wurden von den Israelitischen Pfadfindern, den Éclaireurs Israélites de France gesungen, die während des Zweiten Weltkriegs der Résistance beigetreten sind; auf dass die Hoffnung sie niemals verlasse.

Die Originalausgabe erschien unter dem Titel *Le cabaret des mémoires* bei Grasset & Fasquelle, 2022

Umschlaggestaltung: Heidi Sorg und Christof Leistl unter Verwendung eines Fotos der Installation Disparition von Christian Boltanski, ARKEN Museum of Modern Art, 1998.

Satz + Typografie: frese-werkstatt.de
Druck und Bindung: Pustet, Regensburg
ISBN 978-3-95614-534-6

Das Zitat auf S. 7 stammt aus:
Jón Kalman Stefánsson. *Das Herz des Menschen*. Aus dem Isländischen von Karl-Ludwig Wetzig. München: Piper 2013.

Das Zitat auf S. 99 stammt aus:
Imre Kertész: *Kaddisch für ein nicht geborenes Kind*. Aus dem Ungarischen von György Buda und Kristin Schwamm. Reinbek: Rowohlt 1992.